ROMANS DE HENRI ZSCHOKKE.

LE GALÉRIEN,

ROMAN PHILOSOPHIQUE,

ET HISTORIQUE,

TRADUIT DE L'ALLEMAND SUR LA CINQUIÈME ÉDITION,

PAR THEIL ET GAERTNER.

TOME PREMIER.

PARIS,

CHARLES GOSSELIN, LIBRAIRE

DE SON ALTESSE ROYALE MONSEIGNEUR LE DUC DE BORDEAUX,

RUE SAINT-GERMAIN-DES-PRÉS, N. 9.

M DCCC XXIX.

DE L'IMPRIMERIE DE LACHEVARDIERE.

ROMANS

DE

HENRI ZSCHOKKE,

TRADUITS DE L'ALLEMAND.

TOME DIX-HUITIÈME.

LE GALÉRIEN.

DE L'IMPRIMERIE DE LACHEVARDIERE,
RUE DU COLOMBIER, N° 30.

LE GALÉRIEN

ROMAN PHILOSOPHIQUE
ET HISTORIQUE,

PAR HENRI ZSCHOKKE.

TRADUIT DE L'ALLEMAND

SUR LA CINQUIÈME ÉDITION

PAR THEIL ET GAERTNER.

TOME PREMIER.

PARIS,

CHARLES GOSSELIN, LIBRAIRE
DE SON ALTESSE ROYALE MONSEIGNEUR LE DUC DE BORDEAU,
RUE SAINT-GERMAIN-DES-PRÉS, N° 9.

M DCCC XXIX.

PRÉFACE

DES TRADUCTEURS.

Le *Galérien* est généralement regardé en Allemagne comme le meilleur roman de Henri Zschokke. Le but que s'y propose l'auteur (*Voyez sa Préface*), le plus important et le plus noble où puisse tendre un homme de let-

tres, la douce et consolante philosophie qu'il développe dans le
premier volume, le vif intérêt
qu'il a su répandre dans le second, qui est proprement le roman, le développement de la philosophie du premier volume, la
touchante simplicité de style qui
règne dans tout l'ouvrage, tout
nous garantit que le *Galérien* ob-
tiendra en France le même succès qu'en Allemagne. Le premier
volume, il est vrai, n'est pas à la
portée de tout le monde, et il est
peut-être tel lecteur de romans

qui, à la cinquième ou sixième page du Galérien, dira : C'est ennuyeux. Que celui-là passe au second volume ; là, il comprendra, sentira, goûtera tout. Mais il est une classe de lecteurs plus instruits, plus sérieux, qui, même dans un roman, cherchent moins des aventures que des pensées. C'est à cette classe du monde lisant que nous recommandons le Galérien. Elle saura entendre et apprécier les deux parties de l'ouvrage. Pour elle, ce ne sera point seulement un livre de cabinet de

lecture, ce sera un livre de bi-
bliothèque, et la profession de foi
du Galérien ne sera pas indigne,
à ses yeux, de figurer à côté de
la profession de foi du Vicaire
savoyard.

PRÉFACE

DE L'AUTEUR.

Le récit suivant fut composé dans l'hiver de 1801 à 1802, à Berne, où l'auteur, retiré des affaires publiques, se proposait de consacrer ses heures de loisir à un but utile. Causant avec des hommes de toutes les conditions, il fit connaissance de beaucoup de ces *malades secrets*, qui avaient perdu avec leur Dieu tout le charme de leur vie. Il apprit ou devina leurs souffrances inté-rieures, et voulut essayer de rétablir la

foi dans leur âme et de les encourager à
la vertu. Le songe touchant d'une nuit
le fortifia dans sa résolution. C'était un
ange qui passait devant lui, et qu'il
s'efforçait en vain de retenir. Quelque
imparfait que fût ce récit dans la première édition de 1802, il ne laissa pas
d'avoir en l'espace de dix ans quatre
éditions ; ce qui fit croire à l'auteur qu'il
ne s'était pas entièrement écarté du but.
C'est pourquoi il a revu l'ouvrage, et y
a fait quelques corrections nécessaires.
Puisse-t-il encore soulager et fortifier
quelques âmes !

LE GALÉRIEN.

(der Galeeren-sklav).

LE GALÉRIEN,

ROMAN PHILOSOPHIQUE

ET HISTORIQUE.

CHAPITRE PREMIER.

L'Abbé Dillon s'assit sur un vert gazon, fleurissant au bord du lac, et ombragé par le feuillage touffu d'un arbre qui dominait le rocher escarpé suspendu sur nos têtes.

— Voici encore des places à droite et à gauche, dit-il en souriant et en nous invitant de l'œil à nous reposer à ses côtés. Rodéric s'assit, et j'en fis autant. Chacun de nous s'occupait encore en

silence à renouer le fil de notre conversation interrompue.

Au-delà du lac, on voyait briller
au-dessus des montagnes les feux rou-
geâtres du jour mourant. Les rochers
les plus hauts, et les cabanes paisibles
des Alpes reflétaient la pourpre et la
rose. Des rayons d'or scintillaient entre
des ombres bleuâtres au-dessus de la
surface neigeuse des glaciers, et dans le
lointain on voyait les cimes des montagnes, avec leur bleu de violette, se
perdre à l'horizon dans le vague des
nuages.

— Dieu! s'écria Rodéric qui paraissait ému du charme de cette belle soirée, qu'il faut peu de choses pour être
heureux sous le ciel! On n'a qu'à s'a-
bandonner au sein de la bonne et éternelle nature, comme un enfant au sein
de sa mère. La nature est irréprocha-
ble et sainte ; elle sanctifie quiconque

sait l'aimer. Quelque oppressé, quelque
agité qu'on soit par de sombres passions,
on s'endort avec sécurité sur son sein
maternel, et un soupir que produit le
bonheur intérieur dissipe seul mille
vœux sans espoir.

— Parfaitement, mon noble ami!
lui dis-je : et quand même ce bonheur
intérieur ne serait après tout qu'une
courte ivresse. Que ce soit la force en-
chanterésse du vin ou de la musique,
ou du beau jeu des couleurs dans un
paysage, ou toute autre chose qui, pour
un instant, nous place au rang des
dieux, qu'importe?

L'Abbé sourit, Rodéric devint rê-
veur, et quelque momens après il dit:

— Ne croyez-vous pas qu'on puisse
être ainsi très heureux, et heureux d'un
bonheur durable?

— Très heureux? oh! oui, lui répondis-je : mais d'un bonheur durable,

c'est ce que je ne saurais vous accorder
avant que vous ne vous soyez clairement expliqué sur ce que vous appelez
Mère nature. Vous , mon cher Rodéric,
vous êtes poète , moi je ne suis malheureusement qu'un froid savant de
l'école qui demande des idées claires
et distinctes. Par là il advient quelquefois qu'un même avis ne saurait
nous unir, malgré la constante harmonie de nos cœurs. Permettez-moi de vous
parler franchement. Votre exclamation
à l'aspect des gracieux environs du lac,
éclairés par de beaux feux, n'est que
le résultat d'une heureuse disposition
de votre âme. Mais êtes-vous toujours
dans cette disposition ? Est-elle en votre
pouvoir d'une manière durable ? dé-
pend-il de votre volonté de vous donner ou de vous ôter un sentiment ? Tous
les sentimens, ceux mêmes qui triom-
phent de notre raison, sont nés au sein

de la nature dont ils font partie. Vous êtes jeune, vous aimez et vous êtes aimé. Vos regards de tous côtés plongent dans un horizon de plaisirs; votre imagination enfante des jeux magiques; vous êtes heureux. Mais encore quelques années, le sang coulera plus lentement dans vos veines, vos cheveux blanchiront; et cet Éden qui vous étale aujourd'hui ses trésors, va s'évanouir à jamais dans le soleil couchant. L'homme ne se ressemble pas pendant un jour entier.

L'Abbé devint sérieux. Rodéric en parut un peu piqué.

— Avec votre permission, qu'appelez-vous donc bonheur? répliqua-t-il.

Je répondis : — J'appelle *bonheur* ce contentement, ou, si vous aimez mieux, ce plaisir que le *hasard* nous procure. L'homme heureux ne l'est que par les circonstances qui couronnent ses vœux.

Le pauvre trouve son bonheur dans un héritage, l'homme laborieux dans la prospérité de son travail, l'ambitieux affamé de gloire dans l'agrandissement de sa réputation, l'amant dans un amour réciproque. Tout cela pourtant n'est que le résultat des circonstances et des situations. Celles-ci changent, et l'homme heureux devient malheureux.

— Ce n'est point là ce dont je parle, dit Rodéric; je parle d'un état de l'âme dans lequel on se trouve bien d'une manière durable.

— Il n'y a sur la terre, lui répondis-je, ni bonheur ni malheur durable, parceque les circonstances toujours variables, ne restent jamais les mêmes. Mais je connais une disposition de l'âme que j'appelle *félicité*, parceque ce beau mot réveille à la fois dans mon esprit deux grandes idées qui se donnent la

main comme deux sœurs : *l'âme* et
l'éternité (1). Indépendant de tout
accident extérieur, cet état est au-
dessus des vicissitudes temporelles.
C'est l'âme elle-même qui doit le préparer, et il peut être indestructible, éternel. Le temps même, à qui rien ne ré-
siste, qui dessèche nos corps, blanchit
nos têtes et détruit nos sens, le temps
n'a point de prise sur cet état. Aucun
bonheur n'en saurait augmenter l'essence, ni aucun malheur l'altérer ; il
est indépendant et isolé de l'un et de
l'autre. De tous les états, c'est le seul
qui ajoute au bonheur et diminue l'intensité des maux. Est-ce cette félicité,
cette satisfaction indestructible dont
vous voulez parler, Rodéric?

(1) Il y a dans cette phrase un jeu de mots qui ne
peut pas se traduire en français. Le mot allemand que
je traduis par *félicité* est *seligheit*, qui par sa forme
rappelle en effet les deux idées d'âme et d'éternité,
âme se disant *seele*; éternité, *ewigkeit*.

— C'est elle, c'est elle-même! s'écria
Rodéric.

— Sa source s'appelle *vertu*, conti-
nuai-je; être *heureux* sur la terre, c'est
un but que tout le monde ne saurait
atteindre; mais chacun peut se ménager
cette félicité, car la loi morale et le
respect qui la précède sont gravés en
caractères ineffaçables dans le cœur de
tout mortel. Celui dont le front n'a
point à rougir au souvenir de ses actions, et dont la conscience est pure,
est au-dessus du jeu des circonstances;
il est également heureux dans l'abîme
des misères et au faîte des prospérités.
Ici-bas rien n'est en notre puissance,
rien ne nous appartient invariable-
ment que nous-même. Il ne dépend
pas de nous d'être riches, célèbres,
estimés, mais bien d'être vertueux.
En tout, le sort est notre maître;
notre *vertu* seule n'obéit point au

sort. C'est à cette félicité que nous devons aspirer, et croyez bien, cher Rodéric, qu'il n'est pas si difficile de l'atteindre. Agissez de manière à conserver toujours une bonne opinion de vousmême...Voilà le fil qui brave les détours du labyrinthe. *La bonté de l'âme* donne à l'homme cette élévation, cette indépendance qui l'assimile à Dieu même, et le fait citoyen de deux mondes. Devant lui, les couronnes de la terre roulent sans prix dans la poussière, et la faux de la mort même ne le fait point pâlir de crainte. Avec la vertu dans le cœur, habitant de la terre, le ciel est mon séjour. *Je désire* une vie éternelle pour mon âme au-delà du tombeau, mais *je n'en ai pas besoin* pour être heureux ici-bas. L'homme vertueux, dégagé du monde qui l'environne, et élevé au-dessus des tempêtes et des rayons de la fortune, *n'at-*

ten·l rien , pas même de l'avenir après
la *mort*. Il est *libre*. C'est ainsi que
Dieu l'est. Sans demander aucun dé-
dommagement des sacrifices qu'il s'est
imposés , il reçoit comme un présent ,
comme une grâce , ce que le sort lui
assigne ; car la vertu n'est plus vertu ,
dès qu'elle exige une *récompense*.

Rodéric , abîmé dans ses réflexions ,
tenait devant lui les yeux fixés.

L'Abbé Dillon , qui jusque là n'a-
vait pas ouvert la bouche , m'enlace de
ses bras , et me pressant sur son cœur:
—Mon ami , dit-il , l'homme vertueux ,
tel que tu le conçois , est *plus* qu'homme:
personne sur la terre n'a encore agi
comme lui. Où est cette âme sainte qui ,
arrivée aux portes du tombeau , peut
renoncer , en souriant , à l'éternité ré-
munératrice?

—Votre vertu est plus terrible qu'aimable , ajouta Rodéric ; quel homme

peut entrer tranquillement dans la tombe en disant :—Je renonce à l'éternité ?

— Voici ma réponse : mes chers amis, si jamais à ma dernière heure j'avais le libre usage de ma raison, si le moment où je parle était pour moi le dernier, je me sens capable de cette renonciation terrible, bien que je ne sois pas du nombre des plus vertueux ; je ne suis point en droit de réclamer une récompense pour ma vertu ; je n'ai donc pas besoin d'une éternité en faveur de cette vertu.... encore moins en faveur de mes vices.

Rodéric me regarda avec des yeux qui peignaient l'incertitude. — En vérité, dit-il, j'ose à peine croire que vous parlez sérieusement ; votre vertu est une déesse affreuse à laquelle j'aurais horreur de rendre hommage. Jamais mortel ne l'embrassera ; une vertu qui *se suffit si complètement à elle-même,* qu'elle peut se passer et de l'éternité et d'un Dieu, ne peut appartenir qu'à un Dieu : elle ne convient pas au cœur sensible de l'homme.

— Vous jugez trop sévèrement, répondis-je. Nous parlons de ce qui peut nous procurer une félicité *durable*, *indépendamment du concours des circonstances.* Je dis que c'est la vertu seule, la conscience d'avoir été juste. Ma maison peut devenir la proie des flammes; une révolution peut anéantir tous mes droits, me réduire à la mendicité; mon père, ma mère, mes sœurs peuvent être surpris dans mes bras par la mort : mes souffrances seront vives, affreuses même, je serai très *malheureux;* mais tout cela n'est point assez fort pour détruire ma satisfaction intérieure. Au milieu de tous ces maux, il me restera encore *une*

consolation , celle de me dire : tout
cela , je ne l'ai point mérité. Si dans la
violence de ma douleur, je ne savais
plus recourir à cette pensée : Pourquoi
pleures-tu ce qu'on ne saurait sauver
du néant ? devais-tu attendre autre
chose du limon ? Ce que les efforts de
mon âme n'auraient pu faire, le temps
l'achèverait; le temps fermerait mes
blessures; quelques années de plus, et
la mousse de l'oubli verdirait sur les
débris de ma cabane et sur les tombeaux des miens. Avec le sentiment de
la vertu dans le cœur, je ne crains ni
le glaive des tyrans ni la coupe empoi-
sonnée. Je recevrai l'aumône avec le
même calme que je la ferais moi-
même ; je m'acheminerai vers le tombeau d'un pas aussi tranquille que je
me dirige vers ma couche. Qu'avez-
vous à opposer à ces raisons, mon cher
Abbé? Et vous, cher Rodéric, indiquez-

moi, si vous le pouvez, une autre source de bonheur. Je ne sais qu'une chose, c'est que plus je suis vertueux, plus je sens se fortifier la paix de mon âme, plus je suis heureux. Je n'ai pas besoin d'autres espérances : il dépend de moi d'être bon, par conséquent d'être heureux.

— Vous avez presque raison, dit l'Abbé ; la vertu peut beaucoup pour notre bonheur, mais elle n'y suffit point. Me tromperais je, si je croyais que chacun de vous, mes amis, n'envisage l'homme que d'un côté ? L'un de vous ne voit en lui qu'un être sensible, exposé à toutes les tempêtes, à tous les zéphirs flatteurs de la vie ; l'autre le voit tout esprit, et ne peut se le créer *autre,* indépendamment de la chair et du sang. Ah! mes amis, ne nous demandons ni trop ni trop peu, pour l'amour d'une définition fausse.

N'oublions jamais que nous ne sommes
pas seulement esprit!

Je crus devoir interrompre l'Abbé,
et je dis : — Vous ne croyez donc pas
que la vertu toute seule et la conscience
d'avoir fait le bien suffisent pour nous
rendre tout-à-fait heureux?

— Non; et qui plus est, je pense ne
pas être dans l'erreur, répliqua Dillon.
Vous disiez tout-à-l'heure que nul re-
vers ne saurait troubler le bonheur
d'un homme de bien. O mon ami!
combien, pourtant, dans le cours de
ma longue vie, ai-je vu d'hommes dis-
tingués qui ne trouvaient dans leur
vertu aucune consolation! Prenons seulement un cas de tous les jours : n'y
a-t-il pas parmi vos amis ou vos connaissances un homme de bien qui souffre de la maladie hypocondriaque? Le
bon hypocondre, qui s'impose les plus
durs sacrifices pour le bien de ses frères,

aura sur sa propre vertu dès doutes,
des scrupules cruels; ses fautes passées
se présentent à ses yeux sous la forme
de fantômes gigantesques, et le grain
de bien qu'il a semé, il ne sait où il est
tombé... En général, je crois qu'il
n'est personne au monde plus affligé,
plus malheureux que l'hypocondre, qui
préfère l'insensibilité du sommeil ou le
néant à l'état de veille et même à la
conscience d'une haute probité! Vous
allez me dire : Mais il est malade! C'est
vrai; mais cet homme pourtant, avec
toute sa vertu, ne connaît pas le bonheur : la vertu seule ne peut donc pas
suffire à le rendre content.

L'avis de l'Abbé fut celui de Rodéric.
Je sentis toute la force de son objection,
connaissant moi-même un des plus
nobles personnages, qui, bien que
toute sa vie ne fût qu'un sacrifice continuel, n'éprouva jamais ce saint calme

de l'âme que j'avais fait le partage des cœurs purs.

Après une courte pause, Dillon continua : — L'homme n'est pas seulement *esprit ;* il est si intimement lié à ce que nous appelons les *sens*, qu'à peine pouvons-nous imaginer la faible ligne de démarcation qui les sépare; aussi le souvenir de ses actions échappe-t-il souvent à l'homme *le plus vertueux ;* et le plus honnête homme peut être entraîné dans des conjonctures où la conscience de sa probité, bien loin de l'*élever* au-dessus de sa misère, l'abandonne à lui-même sans consolation : et d'ailleurs, avec la meilleure volonté possible, sommes-nous toujours assez maîtres de nous-mêmes pour ne faire parler que la raison ? Il n'arrive que trop souvent qu'abattus, nous nous rejetons dans les bras languissans de notre nature sensible. Ici, mes amis,

1.

convenez qu'il faut un autre appui pour relever et soutenir le malade, s'il ne doit quelquefois succomber sous le poids de sa misere.

CHAPITRE II.

Dillon se tut. Je ne sentais pas mes principes entièrement réfutés; car je leur attribuais une généralité sans restriction, et on n'y avait opposé que quelques doutes et quelques exceptions. Le contradicteur n'avait fait que piquer ma curiosité; il ne l'avait point satisfaite. Nous avons besoin d'un autre appui que la vertu, avait-il dit; mais il ne l'avait pas encore nommé.

Je me tournai vers lui, et je remarquai qu'il était occupé d'une grande pensée ou agité par un sentiment violent. Le vénérable vieillard avait un bras

appuyé sur un tubercule du rocher et
la tête inclinée sur sa poitrine. Une
teinte de tristesse et de sérieux se ré-
pandit sur son visage où l'on n'avait
coutume de remarquer que de légers
sourires pleins de mélancolie.

Mon ami Rodéric ne resta pas indifférent à cette pénible émotion de
l'Abbé.

— Vous êtes triste ! dit-il en lui ser-
rant cordialement la main ; levez les
yeux, cher Dillon, la soirée est si belle !
il serait dommage de n'en pas profiter.

— C'est vrai ! reprit Dillon en souriant encore, mais je ne suis pas triste.
Notre conversation roulait sur les désirs
et les plus beaux mystères du cœur
humain ; elle éveillait en moi mille
idées, mille souvenirs ; mon imagination me représentait cette figure céleste qui m'apparut aux jours de ma
jeunesse, et, semblable à un génie,

guidait mon âme errante et incertaine
dans un meilleur sentier... Bon Alamontade! aimable et paisible patient!
N'est-ce pas, mes amis, vous connaissez
déjà ce nom chéri?

— Il m'est tout-à-fait étranger, lui
dis-je; je crois pourtant vous l'avoir en-
tendu déjà prononcer.

— Alamontade? s'écria Rodéric. Comment? le galérien dont vous m'avez lu
le passage sublime dans votre paquet
de lettres? En vérité, cela me fait peine
pour cet homme, que son génie ait été
la cause de sa détention aux galères.
Dans le monde, il aurait pu devenir
quelque chose : mais que dis-je? il
semblerait, à l'épithète flatteuse que
vous lui donnez, que par un autre en-
droit il mérite votre estime.

— Je ne saurais prononcer son nom
sans respect, dit le vieillard; il a été
pour moi, dans le cours de ma vie, l'ap-

parition la plus mémorable : c'est lui qui m'a rendu à moi-même et au monde. Ah! le bien qu'il m'a fait ne saurait se décrire, et..., malheureux que je suis, il n'a pas même une seule fois reçu mes remerciemens.

Dillon était profondément ému, et de ses paupières blanchies par l'âge nous vîmes s'échapper une larme ; ses lèvres s'agitaient comme pour parler. La profonde tristesse de cet homme respectable sembla passer de son âme dans la nôtre, et chacun de nous s'abandonnait au flux et reflux de ses sentimens : personne ne troublait les réflexions de l'autre.

Ce beau moment ne s'effacera jamais de mon souvenir. La nature même autour de nous semblait se prêter sympathiquement à nos rêveries. Assis à l'ombre des rochers, nous voyions devant nous flotter dans les vapeurs bril-

lantes et demi-transparentes, les montagnes silencieuses des Alpes, dont les
crêtes étaient couronnées par la splen-
deur d'un ciel d'or et de pourpre. Au-
delà et en-deçà se développait à nos
pieds, sous un clair obscur, l'immense
étendue du lac. C'est ainsi que l'abîme
impénétrable du tombeau sépare l'humanité de ces paradis ultra-mondains
que nous voyons quelquefois par pressentiment.

Le souffle embaumé de l'air du soir,
voltigeant sur les vagues du lac, venait se jouer autour de nos tempes, en
nous faisant respirer sa fraîcheur; puis,
comme un soupir, allait se perdre avec
un léger murmure dans les buissons
qui abritaient nos têtes.

Dillon se réveille; il presse nos mains
dans les siennes, et, nous attirant vers
lui : — Vous êtes jeunes et heureux,
nous dit-il, mes chers amis! Le sourire

est toujours sur les lèvres, quand la vie
nous sourit, quand partout elle ne nous
offre que l'ordre et la bonté; c'est alors
que, dans les heures de loisir, on aime
à bâtir des systèmes en faveur de l'humanité.

— Vous avez véritablement jeté le
doute dans mon âme, mon cher Abbé,
lui dis-je; et toutes vos paroles me con-
firment que, par des raisons qui me
sont inconnues, vous différez de me
convaincre; mais, je vous en conjure,
expliquez-vous d'une manière moins
vague. Dites-moi, qu'y a-t-il sur la terre
de meilleur et de plus consolant que la
vertu? quel plus doux soulagement re-
cevons-nous dans nos souffrances que
ceux qui naissent d'une âme innocente?
qu'y a-t-il de plus rassurant pour le
cœur, contre un monde d'ennemis,
que le sentiment de sa probité? Je ne
connais point d'autre appui dans les

jours de malheur que celui-là, et la nature ne l'a refusé à aucun mortel.

— Eh bien ! mon ami, dit l'Abbé,
la soirée est belle; nous ne saurions
mieux en jouir que par un entretien
amical, propre à élever nos âmes jusqu'aux choses sacrées de l'humanité. Il
n'y a qu'un instant, lorsque le nom d'*A-
lamontade* s'échappait de ma bouche,
j'allais prévenir votre demande : je vous
aurais raconté quelle a été cette âme
noble, quel fut le principe de nos liai-
sons et les circonstances de notre séparation. Les souvenirs de sa personne
sont encore aujourd'hui pour moi une
bienfaisante et véritable édification.

— Poursuivez, s'écria Rodéric; un
homme, un galérien, à qui Dillon porte
un si profond respect, ne peut être
qu'un homme extraordinaire.

— Avant d'aborder l'histoire même,
dit l'Abbé, qu'il me soit permis de faire

1.   2

encore une observation. Ce récit exige
l'éclaircissement de mes opinions ; autrement vous ne sauriez le comprendre. Ce serait , en quelque sorte , sous
vos yeux un beau cadavre dont vous re-
gretteriez de ne pouvoir trouver l'âme.

Vous aussi ,... car votre jeunesse
heureuse ne vous exemptait pas de la
pensée sérieuse qui tôt ou tard vient
s'offrir à l'homme qui pense par lui-
même , avec une force irrésistible ;
vous aussi , comme le prouvent vos
discours , vous avez déjà réfléchi sur
le but de votre existence , sur votre
destination ici-bas. Je vous engage à mé-
diter cette pensée ; elle est pour nous
de la plus haute importance.

L'homme naît , il approche insensiblement de sa destination, et il apprend
qu'il existe. Sa volonté n'eut aucune
part à son entrée dans l'immense univers ; une puissance inconnue le lança

dans ce tourbillon de la vie, parmi les
fleurs et les épines ; il sourit aux premières ; son sang ruisselle sous celles-
ci, et les yeux pleins de larmes, il demande : Qui m'a jeté ici ? qui avait le
droit de me ravir ce que je possédais,
l'insensibilité, le néant ? Il demande,
aucune voix ne lui répond.

Il peut se consoler de l'obscurité
de son origine ; mais il ne reste point
indifférent à la vue du présent qui passe
et se renouvelle à toute heure. Qui suis-
je ? demande-t-il ; à quelle fin suis-je
dans ce monde ? pourquoi *vis-je ?* est-
ce pour apprendre un art, un métier,
une science, et par-là me mettre à l'abri
des injures de l'air, pourvoir à ma sub-
sistance, me vêtir et me ménager certaines commodités ? Si c'est là ma destinée, elle est digne de pitié ; elle ne
compense pas les peines de la vie et les
pleurs qui l'arrosent. Voilà pourtant

dans la vie humaine le but où visent
tous les hommes, comme si c'était la
grande affaire. On travaille, on amasse,
on cherche à s'élever, à augmenter sa
fortune, sa puissance; toujours ballot-
tés, toujours flottans entre les soucis
et les espérances ; et nous ne jugeons
les autres hommes que sur ces frivoles
dehors. La vie ressemble à un désert
où chacun est en quête, lutte, met en
réserve pour s'empêcher de mourir de
faim.

Ou bien suis-je ici placé pour cueillir
entre les fleurs et les épines le fruit
tardif de la sagesse ? perfectionner mon
esprit ? exécuter ce que ma raison me
commande ? *Ce* but serait plus noble ;
mais mon but doit être aussi le but *de
tous*. En est-il ainsi ? Les chagrins et
les soins qu'entraînent les besoins du
corps absorbent la plus grande partie
de la vie. Il n'y a qu'un petit nombre

d'heures consacrées à l'esprit. De tant
de millions d'hommes, comme nous
habitans de la terre, à peine un petit
nombre s'occupe de développer ses facultés intellectuelles, et d'acquérir une
haute vertu. Des nations entières ont
paru et disparu sur ce globe, sans se
douter d'une semblable fin. A quoi
tendait donc leur existence ? Les millions d'hommes qui, plongés dans des
idées fausses, dans des ténèbres éternelles, passèrent sans réveil du berceau
à la tombe, n'étaient-ils pas des hommes comme moi ? Cet enfant qui, sans
savoir qu'il existait, meurt au sein de
sa mère, ne fut-il pas homme comme
moi ? Sa destination et la mienne sont-
elles différentes ?

On nous dit : Non, ce n'est pas pour
ce monde que nous sommes créés ;
notre destination se trouve au-delà de
l'horizon de l'existence terrestre. Nous

devons par la vertu mériter une vie
meilleure. Il y a un enfer pour le vice,
pour la vertu un ciel. Mais comment,
si, même ici-bas, tout nous prouve que
notre vertu mérite rarement un ciel, et
nos vices rarement un enfer? Enfer et
ciel! ne sont-ce là que des chimères en-
fantées par l'ignorance de nos pères,
qui n'avaient point encore d'expression
pour caractériser ce qu'ils remar-
quaient de divin en eux et hors d'eux?
Ne sont-ce point des hiéroglyphes de
l'esprit, qui cherche des rapports entre
lui et le tout éternel? Qui nous a révélé
l'enfer, qui nous a révélé le ciel? Nous,
chrétiens, nous disons: C'est Dieu par
sa parole; mais le païen, mais celui
que l'éducation, le sort ou ses propres
réflexions ont éloigné des doctrines et
des croyances de ses pères?

Je suis destiné pour un autre monde : quelle nécessité d'*habiter celui-ci?*

Afin, peut-être, de me préparer pour
cet autre? mais quelle préparation fait
donc l'enfant qui meurt aux portes de
la vie? Pourquoi cette apparition éphé-
mère d'un être qui, à peine connu à
lui-même, vient sourire et pleurer? Je
suis destiné pour un autre monde:
pourquoi ce voile qui le dérobe à mes
yeux? Pourquoi une voix ne m'a-t-elle
pas révélé l'empire des morts?

— A ces mots de Dillon, Rodéric se
lève, la pâleur sur le visage. Bon Abbé,
s'écrie-t-il ! *vous aussi!* et *vous aussi!*
Que je suis malheureux! Je portais mon
mal en secret; j'avais honte de le dé-
voiler à un autre. C'est à vous, à vous
seul que j'aurais confié mes peines. Je
vous avais choisi pour guérir les plaies
de mon âme; ah! c'est en frémissant
que je vois le médecin lui-même me
découvrir ses propres blessures, où je
reconnais les miennes.

Le mouvement impétueux de Rodéric m'effraya d'abord. Je saisis sa main : Cher Rodéric, hé quoi ! lui dis-je, ce que Dillon vous a dit vous paraît-il si terrible ? Je suis fâché d'avoir amené la conversation sur ces matières. Pour moi, il y a long-temps que je suis familiarisé avec ces idées ; depuis long-temps, j'ai dit adieu à mes plus belles espérances, et je me suis résigné à mon malheureux sort, commun à tous les mortels. Et moi aussi, Rodéric, j'ai souffert comme vous ; mais mon parti est pris. Je veux être vertueux, et, avec cette vertu, me jeter un jour dans les bras du néant, sans répugnance, sans plainte ; et s'*il y a* un Dieu, si ce doux mot de rémunération qui fait le charme des mortels n'est point inconnu dans son royaume ; si réellement ce doux mot n'est pas vain, et que *nous seuls*, enfans de la poussière, soyons exclus de ses promesses... Eh bien, soyons anéantis, cessons d'être avec cette conscience, avec cet orgueil satisfait, qui peut dire: Tu me donnas ce que je n'avais point demandé, une vie pleine de larmes; j'ai su la supporter, la supporter avec courage, la supporter au prix d'énormes sacrifices; je me sens digne de l'immortalité et d'un monde meilleur. Tu me le refuses, soit; pas une plainte ne viendra sur mes lèvres. Ainsi, je suis plus grand que le destin fatal qui gouverne le monde.

Rodéric regardait tristement la terre; mes paroles ne paraissaient pas lui plaire. Il secoua la tête: — Non, oh! non, s'écria-t-il avec l'accent de la douleur, je ne suis point assez insensible pour être grand. Je suis homme, et je ne veux être rien de plus; je veux seulement ne pas jouer dans ce monde le rôle de l'homme aliéné, qui voit tout

sous un plus beau jour qu'il n'est en
réalité; je veux seulement que le monde
extérieur soit en harmonie avec mon
monde *intérieur;* que ma raison ne
m'abuse point, et que mon cœur ne
m'offre pas de vaines illusions. Malheur à moi, si l'on ne m'arrache pas à
ce labyrinthe où je me perds ; si vos
croyances sont la vérité ; et si je n'ai sucé
mon bonheur qu'aux mamelles d'un
songe pieux! En vain bénirais-je mes illusions ; en vain *offrirais-je pour elles
toutes vos vérités ;* rien, désormais, rien
ne rachèterait le bonheur perdu.

Cette plainte douloureuse de Rodéric
me toucha profondément. Je me levai,
je le serrai dans mes bras.—Cher Rodéric, lui dis-je, pourquoi perdre courage, surtout au milieu des hommes
les plus contens, malgré ces argumens
que vous trouvez si terribles? Ne suis-
je pas ami tendre, compagnon joyeux,

bon parent? Ne trouvai-je pas toujours le plaisir, et ne suis-je pas homme à le procurer à d'autres? Tranquillisez-vous. La vérité est le bonheur de l'homme, le but de la raison; les illusions ne sont faites que pour plaire tout au plus au crépuscule de l'enfance.

— Non, non! s'écria Rodéric, toujours je le regretterai, ce crépuscule de l'enfance, ce beau ciel du printemps! Votre vérité flétrit toutes les fleurs de la vie; son souffle ternit l'éclat de toute la nature; il refroidit les sentimens du cœur.

CHAPITRE III.

L'Abbé Dillon, qui jusque là nous avait écoutés sans rien dire, se lève à son tour : — Veuillez m'entendre aussi, dit-il, vous dont les sentimens, le caractère et le jugement sont si opposés, qu'*un même* avis, *une même* croyance, *une même* conviction ne saurait vous réunir. Votre sort est celui de tous nos frères. Je souffre de la douleur de Rodéric, mais peut-être ne suis-je pas aussi malade que l'annonçait son premier effroi ; peut-être même aurai-je encore quelque baume à verser dans son cœur. Tous les

deux vous en êtes venus à réfléchir
sur votre destination, votre nature
et la valeur de vos espérances ; je
m'y étais attendu. Ce combat de
l'illusion et de la vérité vous a fait
à tous deux des blessures ; cependant
vous ne différez point encore autant
que vous le pensez : les blessures
de l'un sont encore saignantes ; celles
de l'autre sont cicatrisées, mais non
guéries ; il ne faut qu'un choc, et
la mince pellicule qui les recouvre
va tomber. Tous deux, en dissipant
le prestige des beaux songes de l'enfance, vous vîtes pâlir comme une
ombre, à la lumière de vos connaissances croissantes, ce brillant avenir,
jusque là l'objet de vos croyances et
de votre espoir. L'un voudrait maintenant se replonger à tout prix dans
ses premières et séduisantes illusions :
il emploie à s'enchanter de nouveau

tous les efforts du sentiment, toute la magie de son imagination. Lutte inutile ! tant qu'à ses yeux brillera le flambeau d'une connaissance plus éclairée, il ne rappellera pas les ténèbres. L'autre, armé de sa fière raison, veut s'endurcir lui-même contre les plus beaux vœux de la nature humaine. Et lui aussi engage une lutte inutile : tant que son cœur battra, il battra pour ses vœux les plus chers.

— Eh quoi ! Dillon, m'écriai-je ébranlé, vous voulez donc nous enlever jusqu'à la consolation d'oublier que nous ne sommes dans l'univers que des êtres misérables, si nous nous connaissons bien ?

— Oui, disait Rodéric en soupirant, des êtres misérables, les plus misérables de l'univers. Je porte envie à l'animal, qui, dans une heureuse brutalité, jouit du moment joyeux de l'exis-

tence, et meurt sans regretter les plaisirs du passé, sans redouter les ténèbres de l'avenir, sans connaître sa
destinée.

Dillon nous regardait en souriant;
son regard était plein d'une douce
compassion. Il découvrit sa tête, et le
vent se jouait dans les boucles de sa
claire chevelure. Voyez, dit-il, l'âge a
blanchi ma tête ; ma vie touche à son
terme; j'attends chaque jour que la
mort, dans sa course active, vienne
frapper à la porte de mon humble réduit; je l'attends sans crainte ; et quand
enfin je la verrai paraître, loin de moi
ce support de ma vieillesse, ce bois
désormais inutile ; je me jette avec vo-
lupté dans les bras qu'elle me tend,
comme dans ceux d'un ami. Et ce
calme, mes bons amis, n'est po nt la
suite d'une raison orgueilleuse, la suite
d'illusions artificielles ; car mon imagi-

nation se paralyse, et, depuis long-
temps, je ne sens plus dans mon sang
la même activité. Mais il y a autre
chose encore qui sait nous donner le
courage dont nous avons besoin; et
cette chose, je l'ai trouvée. Moi aussi,
j'ai, comme vous, combattu et souffert;
moi aussi, je me suis trouvé, comme
vous, dans un moment désespéré, où
toutes mes espérances s'évanouirent;
mais l'ange qui guérit mes blessures
guérira aussi les vôtres : pardonnez-
moi si j'en arrache l'appareil, si je les
fais saigner encore. Vous ne perdrez
pas tout votre sang... Mais je suis fatigué, retournons nous asseoir sous le
rocher; la soirée est agréable; nous
pouvons parler sans que rien nous
interrompe.

Nous nous rendîmes à l'invitation de
l'aimable vieillard, qui parlait avec
cette assurance, cette sérénité qui au-

rait inspiré de la confiance au plus in-
trépide sceptique.

— Je connais votre état, dit-il : mais
ne vous imaginez pas que vous soyez les
seuls à souffrir de ces doutes. Tous
les hommes qui sont parvenus à un
certain degré de culture, après avoir
long-temps et vainement sondé les abî-
mes du savoir humain, arrivent enfin
au point où vous en êtes : peu osent en
parler, dans la crainte de rendre les
autres, par leurs réflexions désespé-
rantes, aussi malheureux qu'ils le sont
eux-mêmes ; ou bien ils dissimulent les
peines de leur âme, parcequ'ils crai-
gnent de n'être pas compris, et de
devenir la risée et le mépris du monde.
Plusieurs emportent dans la tombe ce
chagrin dévorant ; d'autres noient leur
douleur dans les débauches et se plongent dans les vices pour réparer, par
des joies honteuses, la perte des plaisirs

1.   2

plus nobles; ils font de leur grossière
philosophie le manteau de leurs misérables passions; d'autres se créent cent
illusions frivoles et s'y abandonnent
sans réserve; et on les voit fréquenter
les églises avec le même zèle qu'ils met-
taient naguère à railler les églises...Oui,
mes amis, votre maladie est plus répandue que vous ne pensez: c'est dans
l'ombre qu'elle fait ses ravages. Partout
j'entends gémir sur la décadence de la
religion, parceque les églises sont moins
fréquentées, et que la moitié de ceux
qui y vont encore n'assistent à l'office
divin que par habitude ou pour ne pas
blesser les convenances; j'entends les
pères se plaindre que leurs fils rougis-
sent de la prière; j'entends les mères se
désoler de ce que leurs filles auraient
honte de parler sérieusement de Dieu...
Il est certain que la lecture des écrivains
modernes et la contagion des lumières

font tort aux pratiques ordinaires de l'église: mais le monde se trompe, s'il croit que l'éloignement des autels fait oublier la religion. Dieu et l'immortalité ne s'oublieront jamais. La jeune fille et le jeune homme savent, dans la solitude, élever leur âme à ces hautes pensées; c'est dans le silence que l'instabilité des choses humaines devient pour eux un temple où la Mort monte en chaire: trop peu exercées encore, les forces d'un jeune esprit succombent bientôt; la croyance à une révélation, naguère son soutien, gît à ses pieds brisée; mais trop faible pour se soutenir sans appui, il tombe bientôt dans un découragement qui se change en une espèce de désespoir secret; et c'est alors qu'il s'abreuve des tristes remèdes dont je parlais tout à l'heure.

— Ah! sécria Rodéric en soupirant,

vous venez de me raconter ma propre histoire.

— C'est aussi la mienne, répondit l'Abbé; mais je ne l'ai point encore achevée. Je vais maintenant, si vous voulez bien me continuer votre attention, vous raconter aussi l'histoire de ma guérison.

CHAPITRE IV.

Dillon, depuis long-temps, nous faisait entrevoir et désirer cet éclaircissement, et d'autant plus naturellement, que, malgré sa manière libre de penser sur les croyances de l'église, on trouvait en lui le modèle d'une piété profonde, et, malgré son grand âge, un exemple peu commun de gaieté inaltérable. Tous les pays d'alentour honoraient ce bon vieillard ; mais personne ne le connaissait mieux que les pauvres et les enfans, car c'était avec eux qu'il aimait le plus à se trouver. Il avait le rare talent de découvrir le mal de tous

ceux qu'il venait à connaître; son regard
s'était-il une fois arrêté sur le visage de
l'étranger, il connaissait l'homme, et
bientôt, dans un court entretien, qui
semblait insignifiant, il avait lu au fond
de son cœur. Il n'était point d'homme
souffrant qui ne trouvât dans cet homme extraordinaire, non pas un conso-
lateur, un ami compatissant, mais un
véritable compagnon d'infortunes. On
était libre avec lui avant de le connaître; et lorsqu'il exposait ses principes,
c'étaient nos propres pensées et nos
vœux les plus secrets que nous croyions
entendre de sa bouche, mis seulement
dans un meilleur ordre et analysés avec
plus de précision.

Il commença son récit en ces ter-
mes :

— Dans ma jeunesse, j'étais un jeune
étourdi, et je brûlais d'être soldat.
Alors on est fier de ses forces; on re-

garde en pitié le troupeau du Seigneur;
on croit pouvoir défier à la fois et le
ciel et l'enfer. Ce n'était pas ainsi que
mon père et ma mère voyaient les choses ; ils abhorraient ces guerres qui
font couler le sang des hommes, mais
ils n'en aimaient que plus ces combats
spirituels contre les puissances des ténèbres. Ils me consacrèrent donc à
être soldat de Jésus-Christ sur la terre ;
et moi, avec une résignation filiale à
leur volonté, j'acquiesçai aux désirs de
mes vieux parens et je me vouai à l'é-
tat ecclésiastique.

Je m'y *vouai*, c'est-à-dire tout mon
être y fut bientôt abandonné sans réserve. Un jeune homme, avec une
imagination ardente, n'est jamais rien
à moitié, quelque carrière qu'il suive.
Mon ambition, ne pouvant plus espérer
d'ébranler l'univers par les armes, se
consolait à l'idée que j'allais bientôt

remplir toutes les églises de la chrétienté de l'éclat de ma sainteté et de
mes vertus : je devins un pieux en-
thousiaste. La solitude et la magnificence silencieuse du couvent où je
vivais, la lecture de l'histoire ecclésiastique, les persécutions des chrétiens,
les souffrances de nos saints et de nos
martyrs ; voilà les sources où je puisai
l'inspiration. Je regardais le monde
comme un vaste temple où Dieu lui-
même était le grand-prêtre. L'amour
acheva ma pieuse folie; je fis la connaissance d'une jeune femme, dont la
beauté me ravissait, et dont la timide
amitié entoura ma solitude d'un jardin
de délices ; je fis à Dieu le sacrifice de
mon amour et de mon cœur profondément blessé; par là, je croyais avoir
fait le premier pas vers la confrérie de
tous les saints. Pendant que d'un côté
je voyais le ciel me sourire, de l'autre,

les larmes d'une jeune fille malheu-
reuse flattaient ma vanité. Combien
j'étais grand à mes yeux, combien je
me croyais dégagé de là matière grossière de l'humanité, combien j'étais
rempli de ma sainteté! J'allais entrer
dans un ordre religieux; mes parens
m'en détournèrent; je me fis prêtre sé-
culier, et, par le crédit de ma famille,
j'eus bientôt une belle prébende.

A peine fus-je sorti des hautes mu-
railles du couvent, que l'ivresse de la
sainteté s'évapora. Le bruit d'une
grande ville maritime me paraissait
plus attrayant qu'une mélancolique
uniformité dans l'enceinte des murs sacrés; mais mon ambition restait la
même; elle ne faisait que changer
d'objet. Bientôt, je pris la résolution
de devenir un des premiers savans, un
des premiers écrivains de notre siècle
et de tous les siècles : les vastes champs

de la théologie et de la philosophie devaient être mon théâtre ; mon premier
ouvrage devait être l'égide impénétrable de la religion révélée contre les
attaques du doute et les traits du ri-
dicule.

Je lisais, je raisonnais et j'écrivais,
et, avant de m'en apercevoir moi-
même, je tournais contre le sanctuaire
ces mêmes armes que je destinais à le
défendre. Les abus qui s'étaient glissés
dans l'église, me rendirent suspecte,
d'abord l'église, puis, par contre-coup,
la religion... Je fus bientôt un autre enfant prodigue. Enfin, pour mon propre
repos, je voulus élever un nouvel édifice avec les débris du premier : vains
efforts! Ces débris, qu'étaient-ils? des
préjugés vieillis de l'enfance du genre
humain; des illusions détruites, des
espérances évanouies : c'en était fait de
mon repos et de mon bonheur. Je re-

grettais la paix de ma jeunesse innocente; en vain je fouillais dans les dé-
combres de mes rêveries; en vain, je
maudissais ma téméraire entreprise de
pénétrer dans les profondeurs du
monde intellectuel. Je me trouvais ren-
versé, écrasé, comme jadis sous leurs
rochers, ces géans dont l'ambition,
non contente de posséder la terre,
voulait se frayer un chemin vers l'empire des dieux.

J'avais cherché la lumière, et je me
trouvais environné d'épaisses ténèbres.
Je voulais voir Dieu de plus près, et
Dieu avait disparu de l'univers, qui
n'était plus qu'un chaos. Là où naguère, saisi d'une sainte horreur, je
sentais sa présence, je ne voyais plus
que les restes inanimés de la nature se
déchirant elle-même; je voulais soulever le voile qui nous dérobe l'éternité, et mes yeux ne découvraient qu'un

tombeau immense où régnait le silence
du néant et les ténèbres d'un oubli
universel.

Je mis tout en œuvre pour me sauver de ma sagesse désespérante. Je cherchai *la vérité*. Il n'y avait que la vérité,
une conviction pleine, un savoir infaillible, et non des vraisemblances, des
conjectures chancélantes, une croyance
corruptible, qui pût me rendre le repos que j'avais perdu. Je parcourus de
nouveau la sphère de mes expériences,
je répétai mes tristes recherches; j'es-
pérais toujours y découvrir quelque
erreur qui confondrait ma sagesse dé-
courageante, et me replacerait enfin
dans ce monde antique si plein de char-
mes. Vain espoir! La certitude que je
devais rester à jamais plongé dans ces
ténèbres ne faisait qu'augmenter chaque jour.

Qu'est-ce que le monde? me deman-

dais-je, et je me trouvais déjà sur
les dernières limites du savoir humain.
Je vois des couleurs, des formes, des
phénomènes ; j'entends des sons, j'ap-
précie par le toucher la dureté ou la
mollesse des objets que j'appelle corps ;
mais la nature de ces *objets* m'est tout-
à-fait inconnue ; je ne connais que leur
extérieur, que leurs effets sur ma peau,
sur mes nerfs ; je vois les masques,
mais non les personnages qu'ils me
cachent ; je vois des phénomènes, mais
leur cause m'échappe. Cette face extérieure des objets *leur* appartient-elle
réellement ? ou n'est-ce qu'une suite
de l'inexplicable organisation de mes
sens ? Je l'ignore encore ; car la plus
légère altération dans mes organes suffit pour changer le monde à mes yeux ;
un sens *de plus*, et devant moi va naître un nouvel univers.

Et ces sens eux-mêmes, que sont-

ils ? Comment puis-je, avec ce tissu de
chairs qui m'enveloppe, ces canaux,
ces fibres et ces humeurs, parvenir à
l'idée d'un objet qui se trouve hors de
moi? comment peuvent-ils convertir
en spirituel le sensible, en idée la matière ? Cette harmonie qui règne hors
de moi, dans la nature, est-elle l'attri-
but essentiel de ce qui joue derrière
les phénomènes que j'appelle corps,
et que je distingue d'après les impressions qu'ils font sur mes nerfs ? ou bien
n'est-elle que l'effet de ces mêmes veines, de ces fibres, de ces humeurs ? ou
seulement le résultat de l'organisation
de mon intelligence, que j'appelle tantôt esprit, tantôt âme ?

Qu'est-ce que mon âme ? Il en est
pour moi de cette question comme de
celle sur les phénomènes de la nature
sensible. Je ne connais ma propre existence que par les *phénomènes* qui se

succèdent dans mon être, par les pensées, les idées, les désirs et les actions
de toute espèce. Mais quant au *moi* lui-
même, qui a la faculté de produire ces
divers phénomènes, je n'en saurais pénétrer la nature. Mon esprit est une
source invisible; je vois ses actes couler, pour ainsi dire, comme un torrent,
sans savoir d'où. Je suis ce sauvage,
privé de miroir, qui connaît les figures
de tous ses amis, et n'est étranger qu'à
la sienne, qu'il n'a jamais vue.

Quelle obscurité! Je suis, sans savoir
qui je suis, en rapport avec des objets
que je ne connais point... Et pourquoi
suis-je *tel*, et non pas *autre* ? Comment
suis-je devenu comme une portion de
ces univers ? Fut-il un temps où je n'é-
tais rien ? Qui m'a donné la conscience
de moi-même ? Quel est mon rôle sur
ce théâtre mystérieux ?

Questions éternelles qui restent sans

réponse. J'ignore entièrement ma destination ; suis-je ici placé comme but de moi-même, ou comme moyen destiné à servir des desseins étrangers, inconnus ? Introduit, sans mon aveu, dans la machine de l'univers, il faut que je reste là, et je ne sais pas même, si, de mon propre pouvoir, je puis m'en détacher ; je puis bien détruire ce corps, l'instrument dont je me sers pour agir, pour produire des phénomènes ; mais qui m'assurera qu'avec ce corps j'ai détruit cet être inconnu, auteur de mes actions ? Je puis brûler le bois, mais qu'ai-je anéanti ? certes, ce n'est pas l'élément, l'essence même de ce bois, mais seulement la forme, la couleur, les rapports ; et le nouveau phénomène qui s'offre à moi, après le changement de la forme et des couleurs, je l'appelle *cendre*. L'être primitif reste ; je ne l'ai point anéanti ; car alors il ne

pourrait produire de nouveaux phénomènes.

Me voilà donc incertain si je puis me
détacher de l'univers, ou si je dois nécessairement continuer d'exister. *Continuer d'exister?* et à quelle fin? Si de
toute éternité j'existe avec l'univers,
pourquoi ne le sais-je point? et si je con-
tinue d'exister, saurai-je que j'existe?
Je me fraie une route en tâtonnant à
travers des ténèbres impénétrables à la
lumière, et partout je heurte contre les
barrières d'airain de l'intelligence humaine. Quelle région se trouve au-delà
de ces barrières?

Si le monde me paraît tel que je le
vois, ce n'est point parcequ'il est en
effet tel, mais bien parceque mes sens
sont organisés de manière que je dois
nécessairement le percevoir tel... *Nécessairement?* comment en serait-il
autrement? Je suis dans mes idées des

lois que je ne me suis point imposées
moi-même; je ne saurais les enfreindre;
je ne saurais détruire l'ordre dans lequel je reçois mes sensations et mes
idées. Ainsi je ne me représente rien
que successivement, ou dans le temps.
Le temps n'existe point hors de moi;
ni l'odorat, ni le toucher, ni le goût,
ni l'ouïe, ni la vue, ne m'avertissent de
son existence; le temps est quelque
chose en moi, et ce quelque chose n'est
point une simple idée; car je pourrais
la changer; c'est une partie de mon
organisation, une loi, une forme, dans
laquelle je dois forcément classer toutes
mes idées. Y a-t-il aussi hors de moi,
dans l'obscur univers, comme dans la
foule de mes pensées et de mes sentimens, un temps, une succession? Y
a-t-il un passé, un avenir? ou bien ces
deux idées n'ont-elles été conçues que
dans mon esprit? y a-t-il un commen-

cement et une fin dans l'univers, ou
seulement dans le monde de mes
idées?

Et ce monde de mes idées, d'où vient-
il? quel est l'auteur de ce bizarre ouvrage, qui, sans se connaître, sans savoir comment et pourquoi il existe, sait
seulement qu'il passe, se meut et agit?...
Quel fut son auteur? Cet auteur doit-il
nécessairement avoir été *créé?* Quel est
donc le créateur du créateur? Est-il in-
dispensable que toute chose ait un
commencement? Qu'y avait-il avant le
commencement de l'univers? Commencement, création, cause, ne sont-ce
point encore des idées que j'ai tirées du
misérable monde de mes sens, ou bien
sont-ce les résultats de l'organisation
particulière de mon esprit? Ne peut-il
pas en être tout-à-fait autrement des
choses en elles-mêmes qu'il n'en est dans
le cercle étroit des idées de mon *moi?*

Pourquoi ai-je l'idée d'un Dieu? Parceque sans cette clef je ne saurais m'expliquer l'énigme de l'univers. Mais la
clef devient à son tour une énigme.
Comment la résoudre sans un second
Dieu? Et qu'ai-je trouvé alors? Où m'ar-
rêterai-je? Ici je heurte encore contre
la borne de ma raison; je ne puis sortir
du cercle magique où je suis enfermé.

C'est ainsi, mes amis, que les doutes
se succédaient rapidement dans ma
raison étourdie. Je me perdais dans un
désert; je voyais un monde rempli de
fripons déifiés et de dupes, l'humanité
entière abusée sur elle-même par cent
grossières illusions; les exploits des
rois et de leurs héros ressemblaient aux
transports furieux du délire; les ouvrages des philosophes et des théologiens
à des recueils de fables puériles. Je
voyais des millions de genoux fléchir
devant des autels en l'honneur d'un

être inconnu dont la raison même ne saurait nous garantir l'existence. Je voyais des millions de cœurs se briser dans la mort, avec l'espoir que le souffle de la toute-puissance rassemblerait et réchaufferait pour des mondes plus beaux leur poussière dispersée.

Et cependant ils étaient si heureux ceux qui riaient et mouraient dans leur erreur! Que je donnerais volontiers toute ma sagesse pour vos rêveries! m'écriais-je souvent. Et moi aussi jadis je voyais la nature me sourire dans tout son éclat; sa beauté alors était animée, et mon esprit trouvait du charme à contempler ses merveilles. Ce n'était pas en vain qu'une voûte transparente s'étendait sur ma tête, et que les astres rayonnans y promenaient leur éclat. Chaque étoile alors était pour moi un monde plus beau; mes yeux dans sa lumière lisaient je ne sais quel intérêt

mystérieux pour les larmes des habitans
de la terre. Un pressentiment de l'éternel rémunérateur semblait descendre
à travers le firmament sur la terre saisie
d'une sainte épouvante, et porter jusques au fond des cœurs un religieux
enthousiasme. Et lorsque les premiers
rayons des matinées du printemps venaient enflammer le ciel, colorer les
montagnes et réveiller au chant de
l'alouette les animaux plongés dans le
sommeil ; quand le concert des créatures éveillées s'élevant dans les airs, je
sentais, plein d'une douce émotion,
mes genoux se plier sous moi, et que je
voulais prier, le front dans la poussière ;
quand, au milieu de mille fleurs pleu-
vant autour de ma tête, mes pleurs se
confondaient dans le sein des roses avec
les pleurs de l'aurore, ah ! c'est alors
que tout me criait des hauteurs de l'espace jusques aux profondeurs des abî-

mes : Dieu est l'éternel amour !... C'est
alors que je répandais des fleurs jusque
sur les tombeaux, et que je n'appelais
le cercueil que le berceau de la seconde
vie; et la première larme de la douleur
qui tombait sur les restes inanimés
d'un ami était en même temps la première larme de l'espérance et du désir
ardent de lui être bientôt réuni dans
cet autre univers où aucun soupir n'a-
gite plus la poitrine oppressée, où le
bonheur est éternel.

Vous le voyez, mes chers amis, continua Dillon, j'étais alors bien malheureux. Mais je cherchai à me relever, à
supporter avec un courage mâle un sort
que je croyais ne pouvoir changer. Ne
sachant point si un Dieu gouvernait le
monde, si l'immortalité était mon partage, je respectai toujours les lois de
la vertu, et quelquefois je trouvai dans
leur observation quelque soulagement.

C'est dans cet état de mon âme que je me trouvai à *Toulon*, où je connus l'homme qui devait me rendre la paix que j'avais perdue.

CHAPITRE V.

Un jour, c'est ainsi que le racontait
notre abbé, je fus chargé de me rendre
à l'hospice du bagne pour y préparer
à la mort un vieux galérien. Les mé-
decins avaient perdu tout espoir de le
sauver, ainsi que les prêtres attachés à
l'hospice. Ces derniers ne voyaient dans
ce vieux pécheur qu'un hérétique obs-
tiné qui ne voulait, à quelque prix que
ce fût, se laisser convertir. Je passais
alors pour un savant. Le Capitaine de
la galère, M. Delaubin, paraissait esti-
mer l'esclave, et comme il me connaissait personnellement, il me pria in-

1.   3.

stamment d'employer mes soins à sauver l'âme de ce pécheur endurci. Bien que je n'eusse pas un grand penchant à ramener un apostat dans le sein de l'église, je cédai à ses prières. On avait piqué ma curiosité en prétendant partout que cet hérétique était entièrement possédé du démon; qu'il était pire que Calvin, et qu'il éloignait du texte les plus habiles missionnaires.

J'y allai. Il est assez singulier, me disais-je en chemin, et je ne pouvais m'empêcher d'en rire, qu'un athée soit chargé du soin d'en convertir un autre. Si le pieux Capitaine de la galère m'avait mieux connu, assurément il ne m'aurait pas tant pressé. Mais tel est le train du monde; il y faut faire de ces tristes momeries. Nul mortel, fût-il le plus sage et le plus vertueux, n'a assez de courage pour se montrer sans déguisement dans le monde.

On me conduisit dans la chambre du galérien malade. Je l'y trouvai assis, enveloppé d'un vieux manteau, le visage tourné vers la fenêtre ouverte, recevant en plein les rayons du soleil, comme s'il eût voulu s'y réchauffer et jouir en même temps du beau spectacle d'un ciel serein. Il tourne la tête vers moi. Jamais, tant que je vivrai, le souvenir de cette sainte figure couverte d'une profonde pâleur ne s'effacera de ma mémoire. Ce n'était point le regard sombre et morne du criminel ordinaire, ou l'impudence effrontée du vice endurci ; ce n'était point le repentir taciturne, le découragement de la méchanceté punie sans être corrigée; c'était la tranquille ingénuité d'une âme pure, la bonté de l'innocence qui respirait dans ses grands et beaux yeux. Le visage de cet infortuné en proie aux rigueurs de toutes les adversités, et

jauni par la maladie, avait encore
dans tous ses traits, malgré les traces
profondes des infortunes passées, quelque chose de noble et de prévenant.
De sa tête chauve tombaient encore
quelques cheveux gris, qui, épars sur
sa nuque, auraient suffi pour imprimer
même à un criminel un air de noblesse
imposante ; enfin j'éprouvai à l'aspect
de cet homme je ne sais quelle émotion
singulière. Ce n'était pas ainsi que je
me l'étais figuré.

Je m'approchai de lui. — Pardon-
nez-moi, me dit-il ; je ne puis vous
rendre mes devoirs ; vous voyez mes
pieds étendus sur ce paillasson ; ils sont
déjà enflés jusqu'au genou. Je me pla-
çai devant lui et lui demandai son nom.
Il s'appelait *Alamontade*. Il m'indiqua
le lieu de sa naissance, et m'apprit qu'il
avait été condamné aux galères à la
fleur de son âge ; qu'il avait fait son

temps, à six mois près, et que par conséquent depuis près de vingt-neuf
ans, il était dans les fers.

—Je vous félicite, lui dis-je; bientôt
vous allez être libre. Vous reverrez
enfin vos foyers, et vous pourrez
vivre le reste de vos jours en honnête
homme.

— Je ne reverrai jamais ma patrie,
me dit-il d'une voix tremblante; je n'ai
plus de patrie dans le monde; on me
l'a ravie; je n'aspire plus qu'à la région
silencieuse des tombeaux; car, je le
sens, la mort m'est plus amie que la
vie. Elle ne tardera plus autant
désormais qu'elle a tardé jusqu'ici
à venir.

Ainsi parlait à peu près l'esclave. La
dignité calme de cet homme, le choix
de ses expressions, sa voix pleine d'é-
nergie, me touchèrent, je l'avoue, au
point que j'en demeurai embarrassé.

Tout en lui me persuadait que cet homme, repoussé de la société, n'était pas un des hommes ordinaires de sa classe; que son éducation, autrefois du moins, n'avait pas été négligée, et qu'il en avait fidèlement conservé des restes, même au milieu de cette société réprouvée où il avait passé presque la moitié de sa vie.

— Vous croyez donc, lui dis-je en reprenant la parole, vous croyez donc, Alamontade, que vous ne vivrez pas jusqu'à ce que vous soyez rendu à la société ?

— Je l'espère du moins, me répondit-il ; j'espère que la mort m'aura délivré du fardeau de mes jours, avant que la loi brise mes chaînes.

— Est-il bien vrai que vos pensées se tournent vers la mort avec autant de sang-froid? Avez-vous employé le temps de votre peine de manière à pouvoir aujourd'hui concevoir l'espérance d'être entièrement réconcilié avec le juge des vivans et des morts ? Notez bien ceci, Alamontade, M. le Capitaine Delaubin vous porte beaucoup d'intérêt. Il pense lui-même que vous n'avez plus que peu de jours à vivre. Je viens vous voir, d'après son invitation, pour...

Alamontade m'interrompit. — Je suis profondément touché de la bienveillance de M. le Capitaine, et soyez persuadé, monsieur, que j'honore votre humanité ; mais je vous prie instamment de solliciter de mon maître une grâce que je lui demande : c'est de ne plus m'envoyer d'ecclésiastique, et d'accorder à mes dernières heures la consolation de la solitude. Dois-je donc renoncer même à cette dernière consolation ?... S'il importe à *votre* repos, je vous déclare une fois pour toutes,

que depuis vingt-trois terribles années,
je suis préparé à cet heureux moment
de ma mort ; que je meurs sans regret
et que je ne crains pas l'Être Suprême.
Si ma prière ne peut être exaucée,
je supplie qu'on veuille attendre au
moins jusqu'à ma dernière heure ;
qu'alors, s'il le faut, on me donne la
communion et l'extrême-onction.

Il prononça ces mots d'une voix si
suppliante et qui partait tellement du
cœur, que, sans hésiter, je lui donnai
ma parole de m'employer en sa faveur.
J'avais laissé involontairement échapper, entre autres choses, la pensée
que c'était un devoir de respecter les
dernières volontés des mourans ; et
que, fût-il même un athée, on ne
devait pas tenter de le mener au ciel
malgré lui.

— Vous êtes *ecclésiastique?* me dit-
il : vos paroles m'ont fait plus de bien

que toutes les exhortations de ceux qui vous ont précédé dans ce ministère. Je vous dois le repos de mes heures les plus précieuses, des dernières. A un homme comme vous, plein de tolérance, de miséricorde et de lumières, la reconnaissance même d'un esclave ne saurait être désagréable.

Je lui donnai à entendre que je voudrais pouvoir faire plus pour sa tranquillité, et qu'il n'avait aucun remerciement à me faire, pour n'avoir pas voulu l'assiéger de contemplations théologiques qui n'étaient point de son goût. Je n'émettais ces pensées que pour sonder davantage cet homme singulier. Il me regarda avec un air de surprise; et, après une légère pause, il s'écria : Monsieur, vous êtes un homme extraordinaire !

— Extraordinaire ? dis-je; je ne vois rien d'extraordinaire dans l'accomplis-

1. 4

isement des premiers devoirs de tout
homme.

— *C'est là précisément* ce que je
trouve extraordinaire ! s'écria-t-il.

Je le priai de mieux s'expliquer. Il
parut hésiter, et me demanda d'un air
timide, si je ne me fâcherais pas de sa
franchise. Je l'assurai qu'il me fe-
rait au contraire beaucoup de plaisir. Puis il dit : — Monsieur, si
l'homme ordinaire remplit ses devoirs,
dans le fond, il ne mérite pas de louan-
ges. Mais celui-là mérite notre admi-
ration, qui, élevé au-dessus de ses
frères par une condition et une dignité qui endurcissent le cœur et para-
lysent le jugement, a su se préserver
des préjugés et rester fidèle à la nature.
Aussi doit-on savoir gré à ceux qui
sont nés rois de toutes les vertus qu'ils
possèdent ; louer dans les soldats la
compassion pour les souffrans ; la jus-

tice dans les avocats ; et le respect pour
les opinions d'autrui , dans les prêtres.

Je ne m'attendais pas à entendre un
pareil jugement sortir de la bouche d'un
galérien. Cet homme excitait de plus en
plus mon intérêt, tant par ce dernier
raisonnement, que par tout ce qu'il
disait ; je le pressai plus vivement. Je
fus assez heureux pour gagner sa confiance. J'appris que , dans sa jeunesse,
il avait cultivé les sciences, et qu'il
avait été arraché à ses études pour être
conduit sur le banc des rameurs. Quelque crime qu'il eût pu commettre , il
l'avait suffisamment expié. Mais , malgré ma brûlante curiosité , je crus devoir épargner à cet infortuné le souvenir de ses crimes, dans les derniers
momens d'une triste existence.

Ma conversation avait paru lui plaire.
Il me pria humblement de répéter mes
visites. Je ne suis pas digne de cette

faveur, me dit-il ; mais votre bon cœur bat pour les malheureux. Pour vous, un esclave est encore un homme et votre parent. Je suis déshonoré, et je ne possède plus rien. Avant qu'un boulet de canon m'eût enlevé le bras droit, je pouvais encore écrire de temps en temps. On m'a laissé les feuilles sur lesquelles j'ai tracé mes plaintes en les baignant de mille pleurs. Ces feuilles, je veux vous les léguer un jour ; peut-être vous feront-elles quelque plaisir.

Comme il m'en avait prié, j'allai le voir tous les jours. Bientôt notre conversation s'éleva jusqu'aux plus hauts intérêts de l'humanité. O mes amis, cet homme méprisé se plaça bientôt dans mon estime au rang des mortels les plus respectables. Je devais lui faire abjurer ses erreurs ; ce fut lui qui me fit abjurer les miénnes. Sa sagesse devint pour moi, dans les routes téné-

breuses de la vie, comme une étoile
conductrice. Le contact de sa vertu me
fit recouvrer ma sainteté première. Je
ne quittais jamais ce divin esclave sans
me sentir meilleur; et, dans le silence
de mon cabinet, je couchais sur le pa-
pier les discours que nous avions
tenus. Venez, je veux vous communiquer mes entretiens avec Alamontade;
je ne puis mieux honorer sa mémoire.
Tout ce que vous avez appris de moi
jusqu'à présent, regardez-le comme une
introduction au tout. L'état de vos
âmes est celui que j'apportai vers l'esclave mourant ; ce qu'il me disait
alors, figurez-vous que c'est à vous qu'il
le dit.

A ces mots, l'Abbé Dillon se leva.
Nous côtoyâmes en silence les bords
du lac. Le soleil se couchait; un voile
sombre s'étendait sur le monde. Rodéric et moi nous marchions, mélan-

coliques. Dillon venait de briser le faible roseau sur lequel notre esprit s'était appuyé jusqu'alors pour se sauver de la cruelle perplexité du doute. Incertains et flottans, nous nous attachâmes fortement à l'âme élevée et ferme de Dillon, comme de faibles enfans s'attachent à leur père.

Arrivés dans l'appartement de l'Abbé, nous allumâmes les bougies; il tira un cahier caché sous ses papiers; nous nous assîmes, et Dillon lut.

CHAPITRE VI.

Je ne voulais pas tourmenter l'esclave par des questions sur les sujets théologiques, dans la crainte de lui faire de la peine, mais il y amena lui-même la conversation. Il parlait avec chaleur de la religion...

— Eh! quoi dis-je, vous avez donc une religion, Alamontade?

— Croyez-vous, me répondit-il, qu'il existe un homme sans religion? L'enfance seule et la folie peuvent n'en point avoir.

— Quelle religion est donc la vôtre? car on vous donne pour un athée.

—J'ai été repoussé de la société de mes frères, répondit Alamontade : c'en est assez pour que personne ne se fasse scrupule de croire et de dire de moi tout le mal possible. J'ai renoncé à l'amitié de mes frères ; je dédaignerais désormais d'ouvrir la bouche pour ma justification. Je n'appartiens plus à personne. Eussé-je quelque sujet de joie, qui voudrait le partager avec moi ? Quant à mes souffrances, je les ai portées moi seul courageusement.

Il retomba dans un silence douloureux ; puis son regard se releva sur moi, et il dit : —Vous me demandez quelle est ma religion ! Comment dois-je vous la définir ? C'est celle dont le Créateur lui-même a mis le germe dans mon sein. Les préjugés de la multitude, l'immoralité des prêtres et des moines, les contraditions des doctrines de l'église avec les vérités les plus inébran-

lables de la nature, éveillèrent de bonne
heure mes méditations, et ces méditations me firent passer du sein de l'é-
glise dans les bras de Dieu.

— Et au milieu de toutes vos infortunes votre religion vous a procuré le
repos?

— Hélas! Monsieur, le repos? Oui,
si vous voulez; mais je n'en souffrais
pas moins. Semblable à un heureux ta-
lisman, la religion nous soutient sur
les vagues, dans le naufrage de la vie,
pour nous empêcher de couler à fond.
Mais, Monsieur, quand on se voit bal-
lotté par les vagues de la misère, croyez
qu'on n'a jamais envie de rire, le ciel
nous fût-il ouvert, comme à saint
Étienne.

—C'est *toujours* un service que vous
a rendu votre croyance, et je vous en
félicite. Loin de vouloir porter atteinte
à votre conviction religieuse, comme

c'est proprement le but de ma mission, je désire au contraire la mieux connaître, afin de l'inspirer à chaque malheureux, si cela est possible.

— Ma religion, Monsieur, est connue de tout le monde. Vous la retrouvez dans toutes les parties du monde. Tous les peuples la possèdent, sauf les embellissemens et les additions qu'ils y ont faites, et dont elle n'a pas besoin pour moi. Il m'est plus facile qu'à personne de la conserver telle. Je suis un malheureux qui n'appartiens à aucun peuple, mais qui néanmoins appartiens à l'humanité. Aussi n'ai-je point la religion d'un peuple particulier; j'ai la religion de l'humanité, et personne ne me persécute à ce sujet. Jamais non plus les nations ne se sont disputées pour la religion; ce ne fut jamais que pour les ornemens et les additions humaines... Mais n'importe;

heureux ceux qui ont fait triompher leurs croyances ; heureux encore ceux qui sont morts pour elles ; et les uns et les autres leur durent le bonheur.

— Mais si vous pensez que votre croyance soit la meilleure, et que vous n'ayez plus aucun doute là-dessus ; si, par conséquent, vous êtes convaincu que la religion des autres hommes n'est qu'erreur et folie, comment pouvez-vous les appeler heureux ?

—Parcequ'ils *l'étaient*. Ah ! si j'étais un homme comme les autres, et comme je le fus jadis, et que j'eusse gagné la confiance et l'amour du monde, je ne m'en serais pas moins fait conscience de porter atteinte à la croyance d'autrui. Les habitans de la terre vivent dans une éternelle minorité; ils sont tous des enfans, et ont besoin de la lisière et d'un tuteur. Leur raison

sommeille toujours dans le tendre berceau de l'imagination, et, autour d'elle,
les sentimens veillent pour la bercer. Il
est vrai qu'ils ont sans cesse devant eux
la puissante nature qui leur crie à
haute voix : — Il y a un Dieu! Il est
vrai que dans l'intérieur de leur cœur
habite un garant sacré de l'éternité qui
les attend ; mais leur confiance en eux-
mêmes est *trop timorée*. Ils tremblent
de s'abuser par leurs propres illusions.
Ils s'en rapportent plutôt à un étranger
qu'à un concitoyen. *Il leur faut une
révélation*. Aussi chaque peuple a son
envoyé de Dieu et son Prophète; et
chaque enfant croit plus son père que
lui-même. Quelques uns seulement
savent s'élever eux-mêmes; quelques
uns seulement, parmi tant de millions
d'hommes qui couvrent la terre ; ceux-
là comprennent le témoignage de la
nature et la voix de ce garant intime

qu'elle a mis dans leur cœur; et bientôt
la lumière de leur esprit devient l'astre
qui éclaire l'humanité. Voilà ceux
qu'on peut appeler les majeurs de
l'espèce humaine, voilà les envoyés de
Dieu.

—Mais ne peut il pas dis-je alors, ne
peut-il pas venir un temps où le genre
humain sortira enfin de sa longue
minorité ?

—J'en doute! répondit Alamontade.
D'après l'ordre de ce monde, où nous
sommes condamnés à manger notre pain
à la sueur de notre front, la plus belle
partie de la vie s'écoule généralement
derrière la charrue, sur le métier du tis-
serand, dans la grange ou à la rame, dans
les soins qu'entraînent nos besoins ma-
tériels. Il n'y a qu'un petit nombre
d'hommes qui aient eu le bonheur de
consacrer leurs jours aux sciences. Un
siècle peut venir où les résultats de la

philosophie et des sciences naturelles,
où les fruits recueillis au milieu de recherches pénibles dans tous les champs
des connaissances humaines, seront enfin la possession, la propriété du peuple ; un siècle peut venir où la religion
elle-même, dans sa paisible simplicité,
et dégagée du pompeux attirail des sens,
sera la religion du peuple ; mais jamais
le peuple ne pourra examiner et véri-
fier les choses de ses propres yeux ; il
ne puisera jamais immédiatement à
leur première source ces principes et
ces doctrines si grandes, et en même
temps si simples ; il sera obligé de les
admettre de confiance et sur la foi du
maître ; et l'avenir, en cela, ne sera
que la répétition du présent. Le peuple
s'attache par sa croyance à celui à qui
des connaissances plus étendues semblent imprimer un caractère sacré ;
c'est la croyance de l'enfant à son père,

du malade à son médecin. Des préjugés vieillis périront, mais de nouveaux s'élèveront pour régner encore sur le monde. Les hommes perfectionneront leurs arts ; leur esprit sera plus développé, plus humain ; ils frémiront un jour à la seule idée de ces temps de barbarie, où nous vivons encore aujourd'hui, et cependant ils ne sortiront jamais entièrement de l'état de minorité.

— Je doute, lui dis-je, que l'humanité, en prenant un plus grand développement, en acquérant un plus haut degré de lumières et de sensibilité, puisse voir diminuer le nombre des maux qui l'affligent.

— Pourquoi non ? Ah ! Monsieur, croyez que chez un peuple plus avancé dans la civilisation, je n'aurais pas langui dans un cachot et dans les fers pendant la plus belle moitié de mes

jours. Si vous ne pouvez pas croire qu'à
mesure que les peuples se policent,
le bonheur commun augmente et la
misère diminue, veuillez comparer, je
vous prie, les nations cultivées de nos
jours avec les hordes sauvages qui ne
sont que sur le premier degré de la
civilisation. Partagez un instant avec
ces dernières l'anxiété de la superstition, l'état effréné des passions fou-
gueuses, l'inhumanité de leurs guerres,
la cruauté des lois de leur justice grossière, les fruits amers de l'ignorance
dans chaque partie de leur vie... Com-
parez l'Européen opulent de notre siècle avec l'homme opulent du sauvage
moyen âge de notre ère!... Le développement des dispositions si variées
de la nature humaine augmente les
jouissances de la vie et le bonheur des
mortels; la destruction des préjugés
nuisibles, les conquêtes continuelles

que nous faisons dans le domaine des sciences diminuent la somme de nos maux, et donnent insensiblement à l'âme une grandeur et une force par laquelle elle s'élève elle-même au-dessus des maux inévitables.

Ne vous laissez point abuser, continua Alamontade, par l'entêtement des poètes et la bizarrerie des philosophes, qui ne voient dans la civilisation des peuples qu'un surcroît de maux, et qui, faute de rien trouver dans le monde réel qui réponde à leur idéal de félicité universelle, la transportent aux jours de nos premiers pères ou d'une meilleure postérité, jours imaginaires, que personne n'a vus ni ne verra jamais; car c'est une des faiblesses de l'humanité d'être toujours assiégée de désirs; c'est une des illusions journalières de trouver plus attrayantes les heures du passé ou de l'avenir que celles du présent. Le présent n'est qu'un point fugitif de la durée ; il a déjà passé qu'à peine avons-nous pu le fixer, et un autre s'écoule encore avant que nous l'attendions. Ces atomes de temps divisent nos sentimens : ce n'est que lorsque nous en envisageons à la fois une série entière que nous en apprécions la valeur; voilà pourquoi la joie n'est jamais si belle, ni le danger si terrible dans le moment présent que durant les momens où nous les attendons, et pourquoi l'un et l'autre se parent de couleurs plus fraîches, dès qu'ils se sont réunis au passé... Nous vantons le bonheur de la vie enfantine; mais si un Dieu nous en laissait le choix, qui voudrait retourner aux jours de son enfance? Et quant aux poëtes et aux philosophes, qui accusent la civilisation des peuples,... bâtissez-leur donc des cabanes parmi les Iroquois, les Finlandais, parmi les Tartares errans, les Algériens ou les Maures, et vous verrez s'ils vanteront leur sort.

Ainsi parlait Alamontade. Je l'écoutais avec plaisir; mes objections ne faisaient que réveiller en lui de nouvelles idées.

CHAPITRE VII.

Une après-midi, étant allé le voir, je
le trouvai au lit. Une sérénité extraordinaire rayonnait sur son visage ; il me
sourit ; jamais je ne l'avais vu sourire.

— Vous paraissez vous bien trouver
aujourd'hui, lui dis-je.

— Oh ! très bien ! déjà l'enflure de
mes pieds monte jusqu'aux reins ; et
le médecin a secoué la tête d'une manière qui ne m'a point échappé. Son
art ne pourra donc plus résister à l'en-
nemi qu'il appelle *la mort*, et que j'appelle *la vie*.

— Vous faites-vous donc une si grande fête de la mort, Alamontade ?

— A cette question, il me regarda avec une sérénité inexprimable ; dans ses regards, se peignait, comme dans un miroir, le feu caché de son cœur. Eh quoi ! dit-il, lorsque je vois paraître l'heureux moment qui fait tomber les lourdes chaînes de mes jambes fatiguées, qui m'enlève au sombre séjour des cachots, et du sein de cette triste terre étrangère me ramène dans ma chère patrie, dois-je donc trembler ? Quel être sur la terre aime encore Alamontade oublié ? Quel œil viendra verser des pleurs sur ses restes inanimés ? Je ne laisse ici-bas aucun objet chéri qui puisse me rendre moins désirable le retour vers la maison paternelle.

— Et votre maison paternelle, Alamontade, où donc est-elle ?

— Elle est là où je vais me réunir aux miens; où, dans la grande famille du père commun, je reprendrai mes droits de fils, où je serai désormais regardé comme l'égal des êtres qui sont mes égaux. Notre globe fait aussi partie du domaine de l'Éternel : mais ici je fus précipité dans la misère, et personne ne me connut ; aucune âme jamais ne salua la mienne en signe de fraternité.

— Le savez-vous donc, Alamontade, le savez-vous avec certitude, qu'après l'heure de la mort, les heures d'une autre vie vous attendent? Pouvez-vous fermer les yeux avec une conviction inébranlable? C'est vous-même qui m'avez avoué qu'aucune religion révélée ne vous tranquillisait. Comment pouvez-vous, sans une plus haute révélation, savoir votre sort après la mort..., non pas que je veuille pourtant troubler par des doutes votre repos intérieur.

— Soyez tranquille, répondit Alamontade, aucun doute ne troublera ce repos. Je suis moi-même en ce moment dans l'état où se trouvaient ceux qui donnaient une révélation aux faibles enfans de l'espèce humaine, sans l'avoir reçue de personne. L'homme, arrivé à sa maturité, n'a pas besoin d'apparition surnaturelle pour se convaincre qu'en tout lieu de l'univers, il est dans sa patrie. L'aveugle a seul besoin d'une main étrangère qui le guide; pour lui la route conservera toujours ses ténèbres, fût-elle éclairée par mille soleils.

— Mais *quand* est-ce que l'homme arrive à cette maturité? lui demandai-je.

— Quand toutes ses facultés sont développées dans les rapports conve-

nables; quand il sait bien les apprécier
et s'en servir, répartit Alamontade. On
appelle fou, et on a raison, celui qui
veut marcher avec les mains et faire
des gestes avec les pieds. Celui-là est
fou aussi qui veut, *avec l'imagination*,
se représenter l'éternité, ou qui veut
ériger ses sentimens en lois morales,
ou qui nie le passé dont il a perdu la
mémoire; ou qui ne croit point à l'a-
venir parcequ'il n'a point encore existé;
ou qui révoque en doute l'existence
d'un Dieu, attestée par autant ou aussi
peu de preuves que l'existence de notre moi. L'homme est fort, l'homme
est grand; il ressemble à un dieu dans
la sphère de sa vie; mais la *fausse di-*
rection, l'application erronée de ses
facultés le rend faible. Souvent il veut
voir de ses propres yeux, entendre de
ses propres oreilles, et il ne le peut pas. Il
pleure alors sur les misères de la condi-

tion humaine ; il accuse le monde et son créateur ; ah ! si partout la vérité lui manque, qu'il ne s'en prenne qu'à lui-même.

Je me sentis frappé de ce discours. Je me découvris sans réserve à cet homme si sage ; je lui décelai ma maladie, cette terrible manie de douter qui avait détruit mon repos.

— Vous doutez de tout, dit-il en souriant, par conséquent vous doutez aussi *de ceci ;* savoir, que vous doutez ? Le monde ne vous offre nulle part de *certitude ;* par conséquent vous n'êtes pas certain non plus que ce soit *vous* qui ne trouvez de certitude nulle part?

— Non ! m'écriai-je. Je ne saurais sans folie nier *mon existence;* il est certain aussi qu'outre moi, il y a encore d'*autres* choses qui existent. Mais *que* sont ces choses, pourquoi *suis-je?* Voilà ce que je ne sais point.

—D'où savez-vous ce que vous êtes? Qui vous l'a révélé?

— Je sens, je pense; de là je conclus que quelque chose sent et pense, et ce quelque chose, c'est moi. Quelque chose agit sur moi, indépendamment de la libre volonté de mes idées; je n'ai d'après cela aucune raison de révoquer en doute l'existence d'autres choses. Mais de ces autres choses je ne connais absolument rien que les effets qu'elles produisent sur mes sens. Quant au rapport de mes sens avec le monde extérieur, c'est pour moi un mystère non moins impénétrable. Plus j'étudie la nature, plus je trouve que les impressions produites sur moi par les choses extérieures ne me donnent aucun droit de rien conclure sur leurs propriétés, sinon que la propriété des impressions est une suite de mon organisation incompréhensible.

— Ah, monsieur! me dit Alamontade, si l'homme n'était pas intéressé à
percer des mystères d'un ordre plus
élevé et plus beau, croyez que la connaissance des choses qui l'entourent
l'occuperait fort peu ; mais je me
fais un plaisir de suivre votre pensée.
Que ce qui a fait pendant toute ma vie
l'amusement de mes heures solitaires
répande encore quelque douceur sur
ces dernières semaines, jours où heures qu'il me reste à vivre. Je vous
avoue que les causes des choses que
j'appelle le monde sont couvertes pour
moi d'un voile épais et mystérieux;
que le monde où je vis n'est proprement qu'un monde d'idées qui forme
tout d'après les lois de mon esprit. Mais
dans ce monde aussi, je dois, d'après
ces mêmes lois, distinguer la cause,
quelle qu'elle soit, de l'effet. L'univers
se divise donc pour moi en deux par-

ties : *un monde de phénomènes* ou d'effets agissant sur moi, et c'est le seul que je connaisse ;... un monde de *causes* actives inconnues en elles-mêmes ; c'est à ce monde qu'appartient mon *moi*, ou si vous voulez, mon âme, qui elle-même produit des phénomènes. Ainsi de cette montre immense de l'univers, je n'aperçois réellement que la face extérieure, que le cadran ; des ténèbres épaisses m'en dérobent le mécanisme intérieur ainsi que l'artisan sublime.

— Vous parlez, lui dis-je, vous parlez de causes et d'effets ; mais êtes-vous bien sûr que dans l'univers il en soit *réellement* ainsi ? Qui vous garantit que tout n'est pas autrement que vous êtes forcé de vous le représenter ? Qui vous dit que vous n'êtes point trompé, si tout votre univers n'est ni plus ni moins qu'une suite nécessaire de votre organisation, de même que la rose est le résultat nécessaire de l'organisation intérieure du rosier ?

— Là-dessus, reprit mon philosophe, il n'y a qu'*une* réponse à faire : ou je veux me servir de mon intelligence, et alors je dois penser d'après ses lois; ou *je ne veux point* juger d'après les préceptes de ma raison, je veux lui substituer, comme équivalent, ce qui lui est contraire; et alors tout raisonnement cesse et le délire en prend la place. Le langage du premier, je ne l'entends pas, et lui-même ne l'entend guère. Ainsi, tant que je serai homme, c'est-à-dire raisonnable, je parlerai suivant les lois de la raison, et le doute du délire ne saurait m'atteindre. Je ne parle que de ce monde qui *s'offre à ma vue;* je ne parle point de celui dont je n'ai ni preuve, ni trace, ni pressentiment, et qui n'existe

pour moi nulle part que dans un dé-
bordement de l'imagination.

Il me suffit de savoir que j'existe,
bien que le délire s'efforce de douter
de lui-même; de savoir que d'autres
choses indépendantes de moi agissent
sur moi. Je suis et ne suis pas seul. Je
partage la jouissance de la vie avec
des millions d'autres êtres. J'en connais parmi ces millions, qui me res-
semblent entièrement, et je leur donne
comme à moi-même, attendu qu'ils ont
la faculté de produire librement toutes
sortes d'effets, le nom d'*esprits*. Et ces
esprits, comment les reconnais-je? De la
même manière que je me reconnais
moi-même, seulement d'après les phénomènes qu'ils produisent en parlant
et en agissant. Quant à leur nature,
elle ne m'est pas plus connue que la
mienne. Ils appartiennent aux causes
premières, à ces forces qui remplis-

sent le monde de leurs effets, sans cesser d'être en elles-mêmes des mystères impénétrables.

— Et *pourquoi* faut-il, demandai-je, qu'elle ne cessent pas d'être en elles-mêmes des mystères impénétrables?

A ce *pourquoi* il répondit: — Cette question touche l'horizon de notre savoir; je pourrais bien répondre: De même que toute la nature qui nous entoure vit et agit, sans avoir la moindre idée de son propre intérieur, ou de même que la pensée sort de l'esprit humain une et distincte, sans que la pensée se puisse reconnaître dans sa propre essence, parcequ'elle n'est pas la source d'elle-même, mais bien une émanation, ou pour ainsi dire une parcelle de notre moi : de même notre esprit a aussi, il est vrai, la consciénce de lui-même, mais sans avoir non plus

aucune idée ni connaissance des qualités de sa propre nature, parcequ'il n'est
pas non plus la source *independante*
de son existence, mais bien une parcelle, une émanation, une pensée de
cet être *supérieur* que toutes les langues appellent cause première de toute
existence, ou Dieu. Je pourrais dire :
L'ensemble infini des esprits, des êtres,
des forces, des choses, est *un être unique ;* c'est un *tout* indivisible qui pour
les sens et l'intelligence paraît bien di-
visible, *mais ne l'est point en lui-même.*
Cet être unique, ce tout, hors duquel
rien de possible ne saurait plus être
imaginé, *parcequ'il renferme tout en lui-
même,* a lui seul, par cela même qu'il est
tout, la conscience intime et l'idée de lui-
même. Nous autres esprits, êtres, forces et choses, nous sommes des émana-
tions, des idées dérivant de Dieu, sans
intuition de notre être intérieur, par-

ceque autrement il nous faudrait pénétrer et connaître l'essence de Dieu,
qui est notre être primitif. Je pourrais
vous dire autre chose encore, mais me
comprendriez-vous ? Moi aussi, j'ai
voulu autrefois, poussé par une indis-
crète curiosité, sortir du cercle étroit
tracé par la nature autour de mon activité ; mais je sentis bientôt la vanité
de mes efforts. Le premier pas vers la
sagesse et le repos consiste à *reconnaître l'impossible* ; le second, à ne pas
vouloir l'impossible. Or comme c'est
folie de vouloir l'impossible, ce doit
être pour nous un sacrifice facile
que de renoncer entièrement et pour
toujours à des recherches infruc-
tueuses, et il doit nous coûter peu
de nous contenter de ce que nous
avons.

D'ailleurs nos possessions dans le domaine de la science suffisent à notre

repos. Pendant que mon esprit s'enivre à contempler les merveilles de la nature, il sent qu'il en est lui-même une des plus nobles parties. La nature *ne varie point*, il n'y a que les formes, les couleurs et la composition des choses qui *changent;* mais ce qui se trouve derrière ces formes et ces couleurs, et qui produit cette variété de phénomènes, ne cesse pas d'être le même. Je puis par la force du feu réduire un palais en mille atomes indivisibles; mais avec ce feu, je n'ai fait que détruire les rapports mutuels des petites parties qu'auparavant on appelait palais; les parties elles-mêmes ne sont point exterminées de l'univers. Les forces productrices et inconnues, la substance des choses subsiste toujours. Elles produisent seulement *d'autres* phénomènes qu'auparavant, c'est-à-dire elles font une *autre impression* sur mes sens, parcequ'elles sont avec moi dans d'autres rapports.

Je m'arrête là, tant parceque j'aperçois déjà de toutes parts les limites de mon savoir, que parceque je trouve suffisant pour mon repos ce qu'il m'a été accordé de savoir.

— Votre philosophie, je vous l'avoue, dis-je à Alamontade, est bien facile à satisfaire ; la mienne malheureusement en demande davantage. Elle cherche une vérité solide, absolue, qu'elle ne trouve nulle part ; elle cherche des certitudes sur les intérêts les plus importans de la nature humaine, et elle ne découvre partout autour d'elle que des doutes.

— Vous êtes malheureux, parceque vous *voulez* plus que vous ne *pouvez*, parceque vous entretenez des désirs dont la voix passionnée étouffe le langage plus paisible de la raison et du cœur.

Mais nous ne pouvons prendre que deux routes. Ou il faut faire usage des facultés de notre esprit, telles que nous les possédons ; ou nous abandonner volontairement à la plus étrange folie, et c'est ce qui arrive toutes les fois que, pour me servir de l'exemple déjà cité, nous exigeons de nos oreilles qu'elles entendent des couleurs, et de nos yeux, qu'ils voient des sons ; toutes les fois que nous doutons de notre liberté, lorsqu'à tout moment nous faisons des choix ; si nous rejetons toute croyance, tandis que journellement nous agissons sur de simples conjectures ; si nous ne voyons le repos que dans des certitudes inébranlables, tandis que chaque jour, dans ce monde rempli d'illusions, nous devenons plus sages par ces illusions mêmes. Ainsi le philosophe (si je puis appeler ami de la sagesse celui qui se plaît au milieu de contradictions éternelles, en dépit des murmures de sa raison) est un être malheureux. Il accuse la nature, quand il ne devrait s'en prendre qu'à sa propre folie.

— Mais, lui demandai-je, comment expliquerez-vous ce fait étrange, savoir, que les hommes deviennent plus disposés à douter à mesure qu'ils augmentent leurs connaissances et qu'ils purifient leurs idées? On devrait pourtant croire que les recherches et les études conduisent enfin à la vérité, et la vérité au repos. Pourquoi arrive-t-il tout le contraire? Pourquoi les plus ignorans sont-ils les plus tranquilles, et, si vous voulez, les plus heureux? et pourquoi les doutes insolubles sont-ils l'unique récompense du penseur actif? N'est-ce pas fait pour nous rendre suspect le prix de notre savoir, et nous dégoûter de tout effort tendant à développer notre moi, de voir qu'ils ne réussissent qu'à renverser nos plus belles espérances, à anéantir nos buts les plus sacrés, et à nous dérober dans une nuit désespérante ce paradis où visent tous nos vœux ?

Un doux sourire parut sur les lèvres d'Alamontade ; il éleva ses bras vers le ciel, et je vis la joie rayonner dans ses yeux.

— Mon paradis, s'écria-t-il, n'est point couvert d'une nuit désespérante; j'existe,... j'existe dans le tout infini et inexplicable ; de ce tout, de Dieu rien ne se perd. Mon existence et celle de l'univers, c'est tout un. Oui, il y a une puissance primitive dont je suis sorti ; son nom est sur les lèvres de tous les êtres raisonnables, tous les cœurs en ont le pressentiment, et il a été donné à toute raison d'en concevoir la pensée et de l'honorer ; et voilà *Dieu!* et la pensée de Dieu, c'est la sombre intuition de cet être mystérieux qui nous appartient, et le respect de l'esprit vertueux pour lui-même est un véritable culte de la cause première de tout ce qui est.

CHAPITRE VIII.

Alamontade n'avait pas perdu de vue mes objections ; après quelques instans de silence , il reprit :

—- Rien ne me paraît plus naturel , dit-il , que cette prétendue étrangeté de résultats. Il est tout simple que l'homme s'enfonce de plus en plus dans l'abîme du doute à mesure qu'il avance sur les traces d'une vérité qui luit dans le lointain. Il n'y a que l'ignorance paresseuse qui croie tout ; elle seule ne doute de rien. Celui qui s'arrache de ses bras découvrira parmi dix vérités qui lui étaient sacrées au moins neuf erreurs.

Honteux de s'être abusé si souvent lui-même, il sera plein de méfiance ; rien ne saura plus désormais le satisfaire, qu'une certitude solide, inébranlable, qu'il ne trouvera nulle part ; car partout il pourra ajouter : Sous d'autres circonstances tout aurait pu être autrement !... Et voilà pourquoi la superstition et l'incrédulité se touchent. Le siége de saint Pierre à Rome produisit les premiers athées de la chrétienté. Entre la nuit et le jour se trouve le crépuscule ; entre l'erreur et la sagesse, le clair-obscur du doute qui fait tant souffrir.

— Mais pourquoi tant d'esprits se perdent-ils dans ces doutes, loin d'en sortir et d'arriver à la lumière ? lui demandai-je.

— C'est peut-être faute de courage, dit-il, que tel s'arrête au lieu d'avancer dans le droit chemin ; tel autre qui

1. 5.

aime les rêveries de son enfance,
tremble à la vue inaccoutumée de la
vérité, et finit par retomber dans sa
vieillesse au même point d'où il était
parti. J'ai connu dans ma jeunesse
maint athée pénitent.

Tels autres encore cherchent la lumière par de fausses routes, c'est-à-
dire qu'au lieu d'avancer, ils ne font
que tourner éternellement dans le cercle de leurs doutes. Demandent-ils des
preuves de l'existence de Dieu et de
l'immortalité de l'âme ; pour faire cette
découverte, les voilà qui entreprennent
des recherches inutiles sur la nature
des choses, des *forces* dont nous ne
saurions apercevoir que les effets, et qui
en elles-mêmes nous resteront toujours
inconnues. Ils veulent à tout prix apprendre ce qu'est Dieu en lui-même,
ce qu'est l'âme en elle-même, pendant
que de l'un et de l'autre on ne peut na-

turellement connaître que les phénomènes qu'ils produisent. Enfin, après
de longs efforts qui n'ont abouti à
rien, ils se retrouvent encore sur le
même terrain, environnés du même
clair-obscur, et alors ils désespèrent
de sortir jamais de ce labyrinthe.

D'autres enfin prennent une autre
route : c'est le fil de l'analogie qui les
guide. Ils s'expliquent comment, sous
certaines conditions, dans *le monde des
corps*, les choses agissent. Plus ils péné-
trent dans les secrets de la nature et
parviennent à réduire les corps à leurs
élémens les plus simples, plus ils trouvent simple aussi ce code de l'univers
d'après lequel toutes choses existantes
agissent l'une sur l'autre, s'attirent, se
décomposent et, par des lois mécani-
ques ou chimiques, produisent de nouvelles choses. Que l'homme pense,
connaisse, veuille et agisse, qu'il sache

mesurer les orbites des corps célestes,
et approfondir les lois de la fermenta-
tion de la nature, c'est aussi, selon eux,
une suite de son organisation, de même
que les fruits et les fleurs sont la suite
de l'organisation de la plante. Détrui-
sez, vous crient-ils, la racine de la
plante, et vous verrez avec elle tomber les fruits et les fleurs ; de même l'esprit humain... Que nous ont-ils appris?
Ils ont expliqué, par des choses *inconnues*, que jamais nous ne pénètre-
rons, l'*inconnu* que nous voudrions savoir; car les forces qui produisent les
phénomènes que nous appelons corps,
restent toujours des énigmes pour nous;
ou bien ils veulent, par des phénomènes, expliquer, avec sa destination,
un je ne sais quoi qui n'est point lui-
même phénomène ou corps, mais une
force pure et active, je veux dire l'esprit humain. Enfin ils font du corps le

père de l'esprit ; dans ce qui est composé pour les sens, ils trouvent l'origine du principe simple ; ils placent
dans ce qui varie et change continuellement, le fondement de ce qui
est immuable ; et ce qui n'a aucune
conscience de soi-même est, selon eux,
l'auteur de ce qui jouit de cette conscience ; en un mot, ils font de l'homme
une machine, un automate ; et, pour
l'amour de la gloire, ils prêchent une
doctrine qu'eux-mêmes ne pourraient
pas croire sérieusement.

Mais dans la plupart des hommes
cette maladie du doute naît probablement du faux emploi de leurs facultés
intellectuelles en traitant ce grand sujet. Ils veulent produire par l'imagination ce qui ne saurait être produit
que par la raison ; ils veulent se représenter sous des *images* ce qui ne peut
être saisi que par la pensée, de même

que le point et la ligne mathématiques n'existent que dans la pensée. En un mot, ils ne savent point assez maîtriser leur imagination. Pendant que la raison travaille, l'imagination substitue insensiblement des images aux idées pures, et donne le change au philosophe qui prend les unes pour les autres et finit par désespérer du succès de ses recherches. Voilà pourquoi cette maladie est si commune parmi les jeunes gens de votre âge, mon cher Abbé : au moment où l'on passe du théâtre enchanteur de l'imagination dans le froid atelier de la raison, on aime, on laisse agir l'une et l'autre à la fois, ce qui fait souvent que les premières productions de notre esprit sont des monstres bizarres, bien que parfois très beaux.

— Cela s'applique aussi à vous deux, disait Dillon en souriant et les yeux fixés sur nous.

Rodéric lui serra la main. — Ce vieil esclave, dit-il, a raison en bien des choses ; mais il faut entendre ses paroles deux et trois fois pour en pénétrer entièrement le sens.

— Quant à moi, dis-je, je brûle d'impatience de connaître la croyance particulière de cet homme, pour voir si elle détruira la mienne ou la raffermira.

— Soit, répliqua Dillon. Lisons encore une fois les entretiens d'Alamontade, dont j'ai pris note, et arrivons au fait. Entendons maintenant de lui-même ce qu'il pense de son esprit et de sa destination, et qu'il nous apprenne pourquoi nous devons penser ainsi et pas autrement. —

Dillon remua quelques cahiers, tira un des derniers, et lut :

CHAPITRE IX.

— Et quel est le chemin que vous avez choisi, Alamontade, pour sortir enfin des sombres régions du doute et arriver à la lumière ? lui demandai-je un jour.

— Moi aussi, répondit-il, moi aussi je fus tourmenté par une terrible incertitude sur le prix de ma vie et mon sort à venir. Quel est l'homme qui n'a point tôt ou tard attaché de l'importance à ces deux objets ? Mais je ne trouvais jamais que deux chemins qui pussent me conduire à quelque connaissance sur ces questions intéres-

santes : le chemin *de la simple expérience* et celui *de notre propre raison.*

La route de l'expérience me parut
long-temps la seule sûre ; mais je m'a-
perçus bientôt que l'objet de mes recherches se trouvait au-delà de l'horizon de l'expérience humaine ; que jamais,
dans ma condition *présente* et avec les
organes *actuels* de mon âme, je ne
parviendrais à découvrir les causes su-
persensibles des choses ou phénomènes
qui m'environnent ; que je m'obstinais
vainement à vouloir faire des expériences dans un monde pour lequel la
nature m'a refusé des ailes ; que j'étais
moi-même, à la vérité, une portion de
ce monde des forces et des causes,
mais sans pouvoir néanmoins les voir
en elles-mêmes, n'ayant de sens que
pour en apercevoir les effets.

Il ne me restait donc plus que le *chemin de la raison.* Je sentais vivement

1.   6

que, puisqu'il s'agissait de *convictions*, je devais suivre les *lois* de la raison. Ce qui contredisait ces lois ne pouvait me convaincre. Je remarquai que tous les hommes, dans tous les temps, sous tous les climats, sans aucune convention entre eux, sans jamais s'être vus, avaient leur raison soumise aux mêmes lois que la mienne, et qu'ils ne différaient de moi que par l'*application* de ces lois. Je remarquai qu'aussitôt que l'enfant nouveau-né, par une suite d'expériences personnelles et par la comparaison de ces expériences entre elles, était devenu en état de se distinguer des autres choses, il commençait à penser et à agir conformément à ces lois. Je trouvai la même remarque à faire sur le vieillard dépérissant dont l'imagination se tarit, dont la mémoire s'est perdue. Jusques au moment où la vie de son corps s'éteignait, les lois de sa pensée

conservaient leur autorité, bien que la
paralysie de ses organes sensitifs,
comme par exemple, lorsque à force
de vieillesse, il est retombé dans l'enfance, l'eût mis hors d'état d'apprécier à
leur juste valeur les objets qui l'environnent, et d'appliquer convenable-
ment les lois de son intelligence.

Si je pense, si j'agis suivant ces lois,
tout devant moi se developpe dans une
lumineuse harmonie. Si je cherche à
me soustraire à leur commandement,
tout croule et se transforme en un
chaos inexplicable ; je suis comme en
vertige au milieu de contradictions qui
toutes me repoussent ; je délire.

L'organisation de mon moi me force
à penser tout comme cause ou effet.
Moi-même je me reconnais pour la
cause de mes pensées, de mes désirs et
de mes actions. Je ne puis me dispenser
de supposer une cause primitive à

l'existence de ce monde des forces qui m'entoure et dont je ne connais que les effets sur moi, sans en connaître la nature. L'athée lui-même ne saurait nier cette cause première.. Il donne à ces forces secrètes de la nature qui concourent au même but, le nom de cause primitive de tous les phénomènes qui nous entourent ; il leur accorde l'éternité, comme d'autres l'attribuent à leur Dieu, et toute la puissance de ses doutes sur l'existence d'un Dieu, toutes ses preuves de la suffisance des forces secrètes de la nature pour expliquer le monde, il les fait venir *du peu de connaissance que nous en avons.* Nous les connaissons trop peu pour pouvoir prononcer d'une manière décisive, dit-il: fort bien, et je suis de son avis. Lui aussi il a admis une cause suprême et secrète du monde : c'est elle qui est son Dieu ; mais quant à ses propres forces, il les prend pour des êtres doués de la conscience d'eux-mêmes, agissant d'après leurs propres lois. La nature, dit-il, étant la même de toute éternité, produit de toute éternité, sans le savoir elle-même, les phénomènes et leurs changemens. A ce compte, l'homme seul serait l'être le plus parfait, puisqu'il a la conscience de la vie; à ce compte, la nature serait un Dieu qui aurait produit des choses plus nobles que *lui-même* ; l'univers serait une machine morte, qui, sans connaissance d'elle-même, engendre des êtres dignes d'être appelés des dieux, puisqu'ils sont, à proprement parler, les seuls qui *vivent*, les seuls qui aient la connaissance des productions et des métamorphoses de la nature (ou du Dieu qui ne se connaît pas). Cette pensée me répugne : tant que je serai un être raisonnable, je ne pourrai y adhérer.

Si la raison me force à admettre un être primitif, elle me force aussi à ne point me le représenter plus imparfait que moi-même. Cette harmonie merveilleuse qui règne dans l'univers, ces lois calculées des forces secrètes de la nature qui dirigent le tout immense, sont une pensée trop sublime pour que jamais *mon esprit*, pour que jamais l'esprit d'aucun mortel en *puisse* concevoir une semblable. Cette *pensée* me fait pressentir l'existence d'une force semblable à moi, semblable à moi sous le rapport de l'activité spontanée et de la conscience de soi-même ; mais autant les ouvrages de l'art et de l'industrie humaine sont au-dessous de l'organisation de l'univers, autant la sagesse et la force de l'homme sont au-dessous de la sagesse et de la force de Dieu.

Oui, Monsieur, celui qui ne peut pas détruire les lois de la raison ne saurait exiler de cet univers dans le royaume du néant l'être primitif qui ordonne, gouverne et anime tout. L'homme est placé par sa conscience et ses qualités élevées sur le plus haut degré de l'échelle des êtres ; et une preuve de sa sublimité, c'est que, par l'organisation de sa raison, il est forcé de penser un Dieu. En Dieu il voit une image de lui-même, et, réciproquement, il voit se réfléchir en lui-même l'éclat sacré de l'Être des êtres. Un sage de l'école peut bien, dans son égoïsme, brouiller toutes les idées plutôt pour briller que pour convaincre ; il peut se faire naître des doutes et se vanter d'avoir prouvé qu'*il n'y a point de Dieu* ; le cri de la nature entière n'en retentira pas moins éternellement dans son sein.

Il y a un Dieu. Je puis m'égarer, m'étourdir par les rêves de mon imagination, mais j'en reviendrai toujours

à cette pensée : Il est un Dieu! Le cri
de la raison perce à travers tous les so-
phismes. Toutes les nations, tous les
siècles, sans s'être instruits l'un l'autre,
ont proclamé le nom de la divinité.
L'esprit ne pouvait différer que par la
manière de se représenter la grandeur
de Dieu, selon les divers degrés de développement qu'il avait reçus. Le Japo-
nais et le Chrétien, le Juif et le Chinois,
le Musulman et le Nègre, tous les hommes s'inclinent avec adoration devant
celui dont l'image se montre avec plus
ou moins de clarté dans le miroir plus
ou moins clair de leur raison.

Que me demande-t-on? Dois-je douter de l'existence de l'être infini auteur
de tous les êtres? Alors il faut que je
doute aussi de l'existence de toute
chose, que je doute de la magnificence,
de la sagesse et de la sainteté qui rè-
gnent dans l'univers, à moins que je

n'aime mieux croire que celui qui nous a donné l'ouïe, les yeux et l'intelligence, ne peut lui-même ni entendre, ni voir, ni comprendre. Dois-je douter de l'éternelle vérité des principes de la raison? alors il faut que je préfère la contradiction à la constante harmonie de mon savoir; que je préfère le délire à la vérité; que, doutant de mes propres doutes, je passe ainsi d'absurdité en absurdité. C'est une chose digne de remarque, que tous les sceptiques, dans la vie commune, aient toujours pensé et agi raisonnablement comme les autres hommes, et que ce soit seulement dans leur cabinet qu'ils aient divagué : leurs meilleurs ouvrages sont des chefs-d'œuvre de délire et de subtilité.

Tout ce qu'on peut dire à la vue des merveilles et de l'enchaînement si savamment calculés de l'univers, se borne à ceci : *Je ne le comprends pas...* Pauvre humain, comment aussi peux-tu le vouloir? Lorsque tu descends dans tes puits, à la profondeur de mille toises, pour épier la nature souterraine, et apprendre comment, dans ses ténébreuses cavités de rochers, elle élabore les métaux, engendre les torrens, et prépare les volcans, hélas! à peine encore as-tu effleuré cette peau mince qui recouvre le globe immense de la terre; tu n'as point vu ses entrailles gigantesques. Lorsque ton œil, armé du télescope, parcourt le vaste empire des cieux, et, mesurant les corps célestes, admire cette parfaite harmonie avec laquelle, sans confusion ni choc, ils accomplissent en se croisant leurs éternelles révolutions; lorsque, à des distances énormes, tu découvres un nouveau monde dont aucun mortel jusque là ne soupçonnait l'existence, et dont l'éloignement est au-dessus de toute

mesure humaine, qu'as-tu vu ? Pauvre
atome perdu dans l'immensité, tu trem-
bles devant le volume de la goutte d'eau
dans laquelle tu vis, et tu annonces en
frémissant la possibilité d'une seconde,
d'une troisième goutte d'eau semblable,
bien que celle que tu appelles la tienne
te paraisse déjà incommensurable. Tu
ne sais rien de ce bruyant et éternel
océan où ton petit univers va se jeter
inaperçu dans un abîme sans fond ni
rives.

Et cependant il philosophe dans sa
goutte ce petit ver arrogant et fier; il
raisonne sur l'infini : *il nie ce qu'il ne
conçoit pas.*

Dans toutes les parties de l'univers
une sagesse me parle, dont la grandeur
ne trouve point ici-bas de mesure. Nous
sommes dans nos connaissances si bor-
nés, si pauvres, que nous avons beau
enfler nos conceptions, jamais nous

n'obtiendrons une idée digne de l'être
éternel. Le plus sage de la terre n'en-
fantera jamais qu'un *Dieu-homme;* cependant comme *cette idée,* toute faible
qu'elle est, n'en est pas moins pour
nous un véritable bienfait; conservons-
la, cette pâle image du père invisible;
conservons-la jusqu'à ce qu'un jour il
se dévoile, lui dont le voile est le ciel
et l'armée des mondes qui y roule,
l'atome et le rayon du soleil.

CHAPITRE X.

Je m'approchai, continua l'Abbé Dillon, de la couchette du malheureux sage; je serrai avec une vive émotion sa main durcie par la rame, et je lui dis: Vous avez raison, Alamontade. Tout ce que le sceptique le plus opiniâtre peut dire sur ce sujet, c'est tout au plus un *Je ne le comprends pas;* on ne saurait donner *de preuve péremptoire ni pour ni contre.* Je le sens comme vous, Alamontade, nous n'avons point d'aile qui nous transporte dans le monde surnaturel : mais vouloir, au milieu de cet univers éternel, infini, si magnifique, nier l'existence d'un Dieu,... c'est le dernier degré d'orgueil où puisse monter un visionnaire qui a reçu plus de cet esprit de contradiction qu'on puise dans les écoles que de bon sens naturel. L'esprit humain se voit forcé par les propres lois de son être à *croire* un être suprême, bien qu'il lui soit impossible de l'apercevoir par les sens ou de le prouver mathématiquement. Cette croyance est si étroitement liée à la raison, que détruire l'une, c'est détruire l'autre. C'est une vérité qu'ont sentie tous les siècles. Jamais instituteur de peuples, jamais peuple sur la terre n'a dit : *Je sais Dieu !* mais dans toutes les langues on dit : *Je crois-Dieu.*

Et cette croyance, continua Alamontade, est plus que la croyance ordinaire d'une chose que nous avons cent raisons de croire ; elle est plus encore qu'un savoir que nous acquérons au

moyen de comparaisons, de conclu-
sions et d'observations extérieures.
C'est une nécessité impérieuse que la
nature impose à notre raison ; elle est
une et identique avec cette raison ; c'est
le principe immuable de toute connaissance supérieure, sans lequel il ne saurait y avoir ni unité ni analyse possible
d'aucune connaissance. De même que
ce n'est que par des observations et des
raisonnemens que le mortel parvient à
avoir de lui-même une connaissance
distincte, et à se convaincre que réellement il existe et vit, de même ce n'est
que par des observations et des raisonnemens qu'il parvient à distinguer la
conscience qu'il a d'un Dieu : mais il a
vécu avant de pouvoir faire des raisonnemens, et l'idée de Dieu était en lui
avant que par la vie et la pensée elle
devînt claire en lui. Nous trouvons cette
idée chez les peuples de toutes les zones,

et long-temps avant l'introduction chez eux d'aucune science ou art de la vie ; elle n'est point une invention, elle n'est point une tradition, elle est... quel nom puis-je lui donner dans le langage humain si dur, si raide, si pauvre ?... elle est *la révélation immédiate de Dieu* en nous-mêmes ; elle est *le miroir où l'esprit se voit lui-même dans le tout de Dieu ;* la conscience que nous avons de notre moi, et d'exister *par* Dieu, *dans* Dieu et *avec* Dieu.

—A ces paroles d'Alamontade, je ne pus m'empêcher de l'interrompre, dit l'Abbé, car j'en étais surpris : je m'expliquais très clairement comment tous les hommes nomment et connaissent une divinité dont ils n'ont jamais eu aucune perception. Vous parlez, m'écriai-je, d'une révélation de Dieu *en nous* ; mais, mon cher ami, ne croyez-vous pas aussi que si la divinité se fût manifestée d'une manière différente, incontestable, telle que le premier enfant eût pu donner la preuve de son existence, ne croyez-vous pas que toute ombre de doute serait disparue depuis long-temps ?

Alamontade répondit en souriant : — Avez-vous, Monsieur l'Abbé, avez-vous de l'existence de votre propre esprit, qui jamais ne s'est vu dans son essence, dont rien ne saurait parler à vos sens, d'autre preuve que *la conscience de vous-même ?* Pouvez-vous donc avoir une perception sensible de ce qui est au-delà de l'horizon des sens? Tout ce que vous apercevriez de vous-même, par vos sens, ne serait plus rien de spirituel; ce serait du sensible. Il est vrai que vous connaissez encore l'existence de votre esprit par son action sur les phénomènes du monde; mais le monde n'est-il pas aussi un effet

qui a sa cause dans un autre être spirituel? ou bien vous prenez-vous vous-
même pour la cause du monde? Le
spirituel *ne* saurait se manifester *qu'*à
l'esprit, et seulement par la voie de l'esprit. Une révélation de Dieu, du Père
saint et infini des esprits, n'est possible que dans l'esprit; par la voie de la
matière, nous ne voyons que la matière,
que les effets et non les causes; ou bien
voudriez-vous peut-être qu'un envoyé
immédiat de la divinité vînt en prêcher l'existence parmi les hommes, et
la confirmer par des miracles? Vous ne
pouvez pas le vouloir! aussi jamais
prophète n'est encore venu pour *prou-*
ver l'existence de Dieu, mais bien pour
rectifier les idées des enfans mortels
sur la divinité: Jésus-Christ lui-même
ne fut point envoyé au monde pour
nous apprendre le premier qu'il *exi-*
stait un Dieu; il vint nous le révéler

comme *notre père*, comme *l'esprit* que nous devons adorer dans *l'esprit.*

—Une révélation des choses *spirituelles par les sens* est, lui dis-je, impossible. Les morts viendraient aujourd'hui, forçant les voûtes du tombeau, prêcher une révélation, les croirions-nous? Nous ne verrions dans cette résurrection qu'un évènement extraordinaire; ce ne serait point à nos yeux la preuve d'une mission divine et de la vérité de leurs paroles; nous ne verrions là qu'une preuve de notre ignorance précédente sur la marche de la nature. Chaque vérité tire toute sa force *de son propre fond*, et non de circonstances étrangères; c'est elle-même qui doit convaincre. Si je voulais vous prouver que le cercle qui est rond est en même temps carré, et que deux fois deux font sept, vous ririez de ma prétention. Si maintenant, pour prouver la vérité de mes paroles, je faisais au torrent gravir la montagne ou errer le soleil dans les cieux, tout cela, j'en suis sûr, ne vous convaincrait pas de la vérité de ces propositions, et vous me diriez : Ces phénomènes singuliers sont des preuves que nous ne connaissons point encore les lois de la nature et ses forces.

Si donc Dieu voulait se révéler au genre humain, c'est-à-dire lui communiquer la certitude que *Dieu est*, ce n'est point par un effet sur les sens qu'il le pourrait, mais en s'adressant *à l'esprit*. Cet effet ne devrait pas durer seulement l'espace de quelques années, comme il arrive dans la mission d'un prophète, mais se perpétuer *dans tous les temps;* se borner à un certain nombre d'*élus croyans*, mais s'étendre sur *tous les hommes, sans exception.* Hé bien, mon ami, cette révélation, la seule possible,

nous l'avons; l'éternelle magnificence
de Dieu pénètre de son éclat l'essence
de notre esprit, parceque nous sommes
d'une origine divine; et avec la conscience de notre vie terrestre, la conscience d'une autre vie plus élevée
devient, pour nous, involontairement
claire et distincte. D'où nous vient cette
lumière? Je l'ignore. Elle ne nous vient
pas du monde extérieur; elle a pris
naissance en nous-mêmes d'un je ne
sais quoi incompréhensible qui est la
raison de tout ce qui est : *Dieu est, parceque je suis; je suis, parceque Dieu est.*
Et ce ne sont point là des conjectures,
des vœux, une croyance; c'est un *fait*
éternel, immuable; il est parcequ'il est,
et la preuve de son existence, c'est son
existence même. Ce sentiment nous est
plus intime que toutes les formes des
idées ou de la pensée; il est plus profondément ancré dans notre âme que la con-

science de nous-mêmes; ce n'est point en nous une idée, c'est un état : aussi n'y a-t-il ni possibilité ni vraisemblance qui puissent lui servir de mesure. *Il y a un Dieu* : cela est dans tous les esprits : ce grand mot, ce mot révélé, ne le trouve-t-on pas également et dans les plus anciennes archives de l'humanité et dans la bouche du peuple naissant, qui jamais ne consulta ces archives?

Le discours de Dillon fit sur moi une vive impression. Dans les yeux de Rodéric brillait, comme une goutte de rosée, une larme d'attendrissement. Spontanément nos bras s'ouvrirent; tous les deux nous embrassâmes le vieillard, tous les deux nous couvrîmes ses joues de nos baisers en nous écriant : Il y a un Dieu !

La brise légère du soir venait, à travers les fleurs du jardin, souffler à la fenêtre ouverte et caresser d'une douce

fraîcheur le feu de nos tempes brûlantes. La lune plongeait le monde dans
une espèce d'enchantement magique,
et un million de soleils éloignés scintillaient en constellations confondues
du haut des espaces célestes.

CHAPITRE XI.

Un instant après l'Abbé Dillon reprit le cahier qu'il avait quitté, et lut:

Et cela me suffit, s'écria Alamontade; que puis-je donc demander de plus ? Il y a un Dieu, la suprême bonté, la suprême puissance... Ce n'est point un être sans volonté, mort, mécanique; car, dans ce cas, j'aurais sur Dieu l'avantage de la conscience de moi-même et d'une volonté libre; je serais plus que Dieu! Je fais partie de cet être suprême plein de sainteté et de bonté; *je suis de son espèce!* Il ne m'en faut pas davantage pour mon repos. Je veux mourir ; la mort ne me fait point trembler. Puis-je être anéanti ? Ce qui est peut-il devenir *néant ?* Des forces qui produisent mille phénomènes divers sont-elles destructibles ? L'univers alors est destructible ; Dieu lui-même est destructible. Quel délire ! la mort n'est autre chose que la séparation de l'esprit d'avec certaines forces de la nature auxquelles il s'était réuni, et que nous appelons corps. L'esprit, sorti du sein de Dieu, se ressouvient de sa patrie ; elle est en Dieu : c'est là que le sollicite ce désir ardent qui sans cesse le pousse du fini à l'infini, du temps à l'éternité. Ce désir ardent de se réunir à celui dont nous approchons plus par notre nature que des forces aveugles de la matière, ce désir ardent d'atteindre à la perfection, n'est point une invention gratuite, un goût d'enfant, un caprice ; c'est un penchant naturel, irrésistible, qui tend à rapprocher ce qui se ressemble., de même que l'aimant attire nécessairement le fer, qui lui est analogue. Dans tous les mortels se manifeste ce désir ardent ; il ne fait que parler des langues différentes, lorsqu'il se sert des noms de Ciel et d'Enfer, de Tartare et d'Élysée. Ce désir ardent ne me prouve rien, sinon qu'*il existe;* mais l'indestructibilité de l'Être divin est à mes yeux un sûr garant de l'indestructibilité de notre esprit ; le néant retourne au néant. Je vois bien, partout dans la nature, l'empire *des formes* changer de face ; mais je ne vois point les *substances* elles-mêmes, ou plutôt leurs causes productrices qui ont combiné ces diverses formes, cesser d'être ; je vois bien partout les phénomènes changer , mais non les forces cachées dans une obscurité profonde derrière ces phénomènes qu'elles produisent. Pourquoi me moquerais-je

donc de ma croyance à un Dieu? et
m'imaginerais-je que ce désir ardent
me fut mis en vain dans le cœur; que
cette loi ineffaçable qui m'offre l'éternité en perspective fut mise en vain
dans ma raison? Pourquoi irais-je
maintenant subtiliser sur l'empire des
forces primitives, voilées par leurs propres effets, puisqu'il m'est à jamais impossible de soulever le voile, et par conséquent de prouver que cette force, que
j'appelle mon *moi*, cesse d'exister du
moment où la forme de mon corps se
dissout? Pourquoi dois-je croire que
la force aveugle qui produit le phénomène aveugle que j'appelle *atome*, existait dès l'origine des choses et restera
éternellement, tandis qu'au contraire
la force que j'appelle mon *moi*, et qui
produit les effets les plus sublimes,
cessera bientôt d'exister?

Ç'a été de tout temps une erreur

singulière des savans de l'école, lorsqu'ils cherchaient des preuves pour ou
contre l'immortalité de l'âme, de vouloir observer et connaître la nature de
l'esprit humain, et les rapports mutuels
de l'âme et du corps. Ces maîtres, dans
leur sagesse, regardaient l'âme à peu
près comme un édifice dont la durée,
plus ou moins longue, peut être pré-
jugée d'après la disposition ou la bonté
des matériaux. Tous ces efforts sont
restés vains jusqu'à ce jour, parcequ'ils
étaient irréfléchis et puérils. *La nature
intime de l'âme* sera toujours pour
nous, comme *l'essence intime du corps*,
un mystère impénétrable, par la raison que nous ne connaissons de l'un
et de l'autre que leurs phénomènes. Il
nous manquera toujours, tant que nous
serons hommes, un sens pour le monde
obscur des choses en elles-mêmes : c'est
donc également folie de vouloir tirer

de ce qui échappe à toutes nos recherches, des preuves pour l'anéantisse-
ment ou l'immortalité de l'esprit humain. Dans la poursuite de cette
recherche, toute expérience nous
abandonne, parceque nous n'avons aucune expérience des forces primitives,
mais seulement de leurs effets sur les
instrumens de l'esprit, les sens.

En effet, mon cher Alamontade, lui
dis-je, depuis long-temps je néglige
comme infructueuse toute espèce de
tentative pour juger, d'après la propre
nature de l'âme, si l'âme est immor-
telle ou périssable: Là aussi l'expérience
reste muette; cependant je vous avoue-
rai que dernièrement je lisais dans un
livre certain passage qui m'a singuliè-
rement frappé. Il s'agissait de la même
question, et voici ce que l'auteur disait : « Je trouve partout que *l'espèce*
des choses se perpétue, mais que les

individus périssent. » Je trouve dans cette observation quelque chose de vrai. La nature, sans se soucier de la conservation de l'individu, ne donne l'œil qu'à la propagation de l'espèce, et cela suffit au maintien de l'ordre de l'univers. Qu'importe à la nature que des milliards d'insectes périssent dans un jour, comme s'ils n'eussent jamais été dans l'enceinte de la création, pourvu que leur genre, que leur espèce reste ?

— _Genre! espèce!_ s'écria Alamontade. Est-ce qu'il y a réellement dans l'empire des êtres ni genre ni espèce ? Ne parlez-vous point des corps, de ce qui tombe sous les sens, c'est-à-dire des effets produits par les forces ? C'est là proprement qu'il y a genre et espèce; c'est là que les parties individuelles se dissolvent pendant que l'espèce reste.

Il est hors de toute vraisemblance

que, dans le domaine des êtres et des
forces, il ait été établi des ordres supé-
rieurs et inférieurs. Leurs combinaisons
variées et leurs dissolutions relatives
causent le changement des phénomènes.
Mais chacune de ces forces primitives,
soit qu'elles se combinent avec d'autres
ou s'en séparent, n'en obéit pas moins
toujours à sa loi éternelle, et de là cette
uniformité et cette régularité générale
dans le jeu si varié des phénomènes.
Observez, vous reconnaîtrez qu'une
seule force principale se combine avec
des forces subordonnées, pour former
ce que nous appelons genre et espèce;
c'est cette force principale qui, toujours
active, exerce son influence durant l'é-
ternité; elle est le fil qui, sans jamais
se rompre, sans jamais s'anéantir, se
déroule, s'alonge à travers le tissu
magnifique des choses; elle paraît dans
le germe des plantes, où, suivant sa

loi, elle se combine avec d'autres matières, et forme ainsi, toujours suivant
sa loi, le palmier et l'olivier, le brin
d'herbe et la mousse, et par là nous
fait paraître ce que, dans les corps na-
turels, dans les plantes et les animaux nous appelons genre et espèce.
Bientôt les forces subordonnées, obéis-
sant aussi à leurs lois particulières, se
séparent d'elle à leur tour, et la
mort en résulte. Mais la force principale a passé dans d'autres germes où
elle recommence le jeu de la vie. C'est
ainsi qu'elle se perpétue éternellement.
Voilà pourquoi nous disons : Les gen-
res et les espèces des choses durent,
mais les individus périssent.

Cela s'applique aussi au genre humain. Chez l'homme, comme dans la
plante et dans l'animal, il y a une force
principale et fondamentale destinée à
l'éternelle reproduction et propagation

du genre. Mais de même que la plante, par la force vitale qui lui est inhérente, est au-dessus de la pierre, et que l'animal, doué de la faculté de sentir et d'apercevoir, se trouve élevé d'un degré au-dessus de la plante, de même cet être privilégié de la conscience de lui-même, et dont la vue perçante pénètre les secrets de la nature, l'homme, jouit d'une immense supériorité sur tout le règne animal.

L'esprit humain est une des forces primitives de l'univers, mais infiniment différente de toutes celles qui se réunissent à elle pour lui servir d'instrument, c'est-à-dire pour lui former un corps. Il reconnaît l'énorme différence qui le distingue de ces forces étrangères ; il a le sentiment de sa *personnalité*.

Quand les individus du monde matériel viennent à disparaître, quand la

pierre se réduit en poussière, que la
plante se flétrit, que l'animal meurt,
alors, il n'en faut point douter, les forces qui avaient produit les phénomènes
de l'individu retournent dans l'immense
réservoir de l'univers d'où elles étaient
sorties, pour reprendre bientôt dans
d'autres combinaisons une nouvelle
activité. Voilà la vie intérieure du
monde, vie qui sera éternellement la
même ; jamais un degré de plus de noblesse, jamais un pas vers la perfection.
Pierres, animaux, plantes, rien n'a
changé. Tels on les a vus il y a des milliers d'années, tels on les voit encore
aujourd'hui. Il n'en est pas ainsi de l'esprit humain.

— Pourquoi pas ainsi ? interrompis-
je, Alamontade. Pourquoi cette différence, si les individus esprits après
la mort du corps rentraient de même
dans la force universelle d'où ils sont

sortis et s'y confondaient ? Les individus esprits devraient, ce me semble,
disparaître également ici-bas, tandis
que le genre, l'espèce et la pensée qui
embrasse tout, resteraient.

— Et quand cela serait, répondit
Alamontade en souriant, aurais-je sujet
de m'en plaindre ? Cette force partout
répandue, dont le regard pénètre le
monde, douée de la conscience d'elle-
même, cette force pleine d'une volonté
sainte qui donne à l'univers la vie et
le mouvement, comme l'esprit de l'homme anime et met en jeu les ressorts du
corps qui l'enveloppe... c'est la *Divinité*. Je retourne vers le père, vers la
source primitive des esprits. Mais si
cette force intérieure que nous nom-
mons esprit est aussi peu destructible
que Dieu lui-même, ils doivent être
indestructibles aussi, cette conscience,
ce regard qui perce le monde, ce saint

vouloir qui la distingue, à si juste titre, de toutes les autres forces de la nature, qui l'élève au-dessus de tout, qui la rend digne enfin d'être ce qu'elle est.

Mais qui pourrait concevoir une mesure pour l'infinité des êtres? Où est l'homme dont le regard embrasse l'enchaînement des puissances et des forces divines dans le tout sans rivages de ce qui est? Qui comptera jamais les marches du trône où siège la *Majesté* divine? Ah, Monsieur! notre esprit s'élève infiniment au-dessus des myriades d'autres êtres; mais, pour arriver à Dieu, il y a encore des myriades au-dessus de nous, et nous sommes bien bas sur l'échelle.

Ce que nous *sommes*, nous le savons. Forces pensantes, douées de la conscience d'elles-mêmes et de la connaissance du monde et de Dieu, altérées

d'immortalité , pénétrées du sentiment profond de leur indépendance personnelle , intime ; nous voilà
définis... Ce que nous *pouvons* être ,
nous en avons le sentiment. Une éternelle uniformité , c'est le sort commun
à toutes les forces de la nature. Là destinée de l'esprit humain est différente ;
sa marche est un progrès continuel de
connaissance en connaissance ; jamais
content de sa noblesse et de sa perfec-
fection actuelle, toujours il aspire et
monte à un plus haut degré de perfection , à un plus haut degré de noblesse ;
et le globe, sous nos pas , prend chaque jour une face nouvelle. Riche de
l'héritage du monde qui l'a précédée ,
l'humanité de nos jours est plus parfaite
que l'humanité des premiers temps.
C'est ce qu'on peut voir dans l'histoire,
et voilà en quoi les esprits se distin-
guent de toutes les autres forces de la

nature... Quant à ce que nous devons être un jour, nous avons beau interroger le pressentiment, ici il ne répond plus rien. Dieu est grand ; toutes ses œuvres portent l'empreinte de la sainteté et de l'amour ; les merveilles et la magnificence composent son royaume; sa vie, c'est l'éternité, et *nous* sommes en Dieu ; nous sommes ses enfans ; nous sommes, comme lui, éternels. Que faut-il de plus pour nous consoler ?

— Oui, *je suis !* disait Alamontade ; et son regard, plein d'une paisible félicité, se tournait vers le ciel. *Je suis !* cela me suffit. Je suis, ce petit mot embrasse l'éternité ; car ce qui est, est ; et toute existence est éternelle, parceque Dieu...

CHAPITRE XII.

Ici l'Abbé garda de nouveau le silence. Pendant que nous méditions les dernières paroles d'Alamontade, il feuilletait ses cahiers. Il trouva enfin ce qu'il cherchait. — Voici, mes chers amis, nous dit-il ; voici encore un cahier que nous lirons ce soir. Ce fut *pour moi jadis*, et peut-être sera-ce aujourd'hui *pour vous*, ce que cet aimable esclave m'a dit de plus précieux.

— Ah ! s'écria Rodéric avec émotion, est-il bien possible ?... Un esclave ! un galérien ! Comment pouvait-on trouver en lui tant de sagesse, ou plutôt com-

ment un homme doué de tant de raison, imbu de pareils principes, a-t-il
pu s'égarer au point de se faire en-
chaîner, pour le reste de ses jours, sur
le banc destiné aux plus grands criminels ? C'est une chose inconcevable !

— Demain vous serez au fait de
tout, dit l'Abbé ; vous verrez quel singulier enchaînement de circonstances
a pu précipiter ce bon Alamontade
dans cet abîme de malheurs. Vous voyez,
mes bons amis, que j'honore sa mémoire comme celle d'un saint. Il a
écrit un journal de sa vie infortunée ;
à l'aide de ce journal, joint à ce qu'il
ma communiqué personnellement, je
composerai l'histoire de sa vie. Il m'a
laissé ce journal ainsi que quelques
petits traités divers qu'il écrivit
pour la plupart sur le vaisseau ou
sur les arides rivages de l'Afrique,
comme son unique héritage. Mais ce

n'était point assez pour me satisfaire.
Je voulus hériter aussi de sa chaîne :
elle me fut donnée. Un peintre habile
m'a aussi tracé son portrait.

— Son portrait ! s'écria Rodéric , et
vous ne nous l'avez jamais montré !
En vérité , c'est un des plus nobles caractères qu'offre l'humanité. Je vous en
conjure, cher Abbé, faites-moi voir son
portrait!

Dillon se leva. Nous prîmes les flam-
beaux, et nous suivîmes notre ami à
travers quelques pièces jusqu'à sa bi-
bliothèque , qui était en même temps
son cabinet de travail. Il s'arrêta devant
une armoire vitrée dont il ouvrit la
porte.

C'était là qu'était serré le portrait
d'Alamontade, entouré d'une lourde
chaîne de fer.

— C'est cette chaîne , dit l'Abbé,
qui tient lieu d'auréole à mon saint.

— Est-il possible ! s'écria Rodéric les yeux mouillés de larmes, et d'une voix doucement tremblante; est-il possible qu'un homme comme celui-ci ait été destiné à porter cette chaîne fatale? Quelle noblesse, quel calme admirable respire sur cette touchante physionomie !

Rodéric avait raison. On ne voyait point là cet air en-dessous et sombre, cette hypocrite réserve, ce caractère prononcé de grossièreté et d'impudence qu'on a coutume de remarquer sur la figure des criminels ordinaires. C'était le visage d'un patient plein d'une majesté, d'une énergie qu'on ne saurait rendre par la parole. A ces traits pâlis par la maladie, à ces faibles raies qui entouraient ses lèvres fermées, à cette tête légèrement inclinée sur ses épaules, à ce front sillonné de rides, autour duquel venaient se jouer quelques

cheveux blanchis avant le temps par
l'excès des chagrins, on reconnaissait
les peines profondes, inexprimables,
et cette foule de maux de toute espèce
qui devaient, pendant une affreuse série d'années, faire mourir à petit feu
ce noble infortuné. Mais la fermeté et
en même temps la bonté qui perçaient
dans son regard, annonçaient une âme
où habitait le calme pendant que l'o-
rage se déchaînait au dehors ; un esprit
qui pouvait, fort d'une conscience satisfaite, rire des douleurs de son enveloppe, et pardonner aux vipères qui
lui rongeaient le sein.

Nous étions depuis long-temps en
contemplation devant cet intéressant
portrait. Il nous semblait que l'esprit
de la victime voltigeait autour de nous.
Une douce mélancolie s'empara de nos
âmes. Dillon mit la main sur la chaîne
de fer.—Ange terrestre! s'écria-t-il avec

un profond soupir et en levant les yeux
vers le ciel; il était innocent, et il supportait des souffrances non méritées.
Et avec quel courage il les supportait!
Alamontade, je veux un jour mourir
comme toi; puissé-je le faire avec
cette haute vertu qui ne te quitta
point!

Quelques instans après Dillon nous
reconduisit dans la pièce où nous étions
auparavant.

— Il est tard, mes amis, nous dit-il:
demain l'histoire de cet homme remar-
quable fera le sujet de notre lecture.
Mais je vous ai promis de vous faire
part d'une des plus précieuses pensées
de notre Alamontade. Veuillez, je vous
prie, me prêter encore une fois votre
attention. C'est, après la pensée de
Dieu, la pensée la plus sublime que
puisse concevoir l'esprit humain. Toutes les fois qu'elle se présente à mon

âme, elle la remplit du sentiment de sa grandeur et de sa dignité innée. C'est alors qu'elle sent se détacher d'elle tout ce qui appartient à la terre; que, dégagée de tout rapport avec les autres parties de l'univers, seule, n'appartenant qu'à elle-même, elle apprend à reconnaître sa haute indépendance, et qu'elle sait dans un vague lointain pressentir sa destination.

Nous nous assîmes comme auparavant; l'Abbé prit ses papiers et lut:

CHAPITRE XIII.

Plus je conversais avec Alamontade, plus il me paraissait mériter le respect. Il était devenu mon maître, moi son élève. Le capitaine Delaubin m'avait envoyé auprès de lui pour le ramener à la religion ; c'est lui maintenant qui opérait ma conversion. Je sentais ma raison redevenir contente, satisfaite d'elle-même, et l'harmonie se rétablir entre ses principes. Je fus bientôt convaincu que jusque alors je n'avais pas pensé, mais long-temps rêvé ; que j'avais voulu rassembler sous des traits sensibles tels que l'imagination s'en

représente, des objets qui n'ont aucun
rapport avec l'expérience et le monde
physique, des objets qui ne sont per-
ceptibles qu'à l'œil de la raison; que
tous mes doutes, toute mon incrédulité, avaient leur source dans ma folie
de vouloir philosopher avec l'imagination, et me représenter l'essence de la
divinité ou de la nature et la possibilité
de l'éternité sous une image sensible,
et pour ainsi dire descriptible comme
celles sous lesquelles ont coutume de
s'offrir à nos sens les objets du monde
physique; je voyais clairement que
l'enfant qui se figure Dieu sous les
traits d'un vieillard puissant, et le sauvage qui ne voit en lui qu'un feu dévorant, étaient tous abusés par une
erreur également grossière et puérile.

—Mais, mon cher Alamontade, lui
dis-je, l'homme est cependant un être
éminemment sensible, et son imagina-

tion travaille sans cesse. Elle demande
de pouvoir se représenter l'Être suprême sous une forme quelconque.
Vous-même, avouez-le, vous n'êtes pas
toujours en état de soutenir constam-
ment votre esprit à la hauteur de ces
contemplations forcées; et la pensée de
Dieu ne suffit pas toujours à votre soulagement, dans ces momens de lassi-
tude où votre esprit est sur le point
de succomber sous le poids des fati-
gues corporelles et des circonstances.

—Sans doute, répondit Alamontade,
je ne suis pas toujours dans une disposition telle que je puisse sans peine
concevoir la divinité sous des idées
pures et nettes. Comme homme, j'é-
prouve du plaisir à placer Dieu pour
ainsi dire plus près de moi, à mettre
entre lui et mes autres idées une plus
étroite liaison. Dans ces momens-là
Dieu est pour moi un être saint, em-

brassant tout dans son amour, qui m'a fait naître, ainsi que toute chose, pour être heureux. Sa sagesse dont me parlent sans cesse des milliers de témoins, sa sainteté, m'inspirent pour lui comme pour mon père une confiance filiale et sans bornes. J'aime à me vouer entièrement à lui. C'est une consolation pour moi d'épancher mes peines et mes larmes dans son sein; j'ai du plaisir à lui adresser mes plaintes que mes frères, les hommes, ne veulent point entendre. Alors je ne suis point tout-à-fait abandonné; un être au moins dans l'univers prend compassion de moi.

Hé bien, Monsieur, cette croyance en Dieu, cette croyance à la nécessité absolue de l'éternité de mon existence, n'importe comment et en quel lieu,... c'est *ma* religion. Et cette religion est celle de tous les peuples, de tous les

hommes chez qui commence à se faire
entendre le langage de la raison, quelque imparfait qu'il soit encore.

Et c'est un service infini que *Jésus-*
Christ a rendu à l'humanité en lui pré-
sentant son Dieu, sous l'image d'un
père, comme l'être le plus sacré, le
plus parfait, le plus charitable, mais
qui ne saurait être atteint par aucun
sens terrestre.

Mais sa doctrine, introduite chez
différens peuples, s'y revêtit de couleurs et de formes différentes, selon que
ces nations étaient déjà plus ou moins
civilisées, ou selon la différence des idées
religieuses qu'elles avaient avant l'apparition du christianisme, et que, volontairement ou par mégarde, elles
finissaient toujours par confondre avec
lui.

Il y a des différences infinies du
premier au dernier degré de la civili-

sation, de la sensibilité animale et grossière à la puissance d'une raison exercée. Cette diversité provient de la diversité non pas de la religion, il n'y en a qu'*une seule* dans le monde, mais des additions faites à la religion et que l'on confond souvent avec elle, ce qui fait croire à la *pluralité des religions.* De là ces éternelles scissions de la croyance générale en croyances particulières; de là les sectes dissidentes; de là les idées religieuses de chaque homme en particulier. Comment d'ailleurs en serait-il autrement ? Tout homme instruit change de religion plus d'une fois dans sa vie; la religion change comme les connaissances, comme les besoins moraux, comme le tempérament. L'enfant a une autre religion; jeune homme, il en a une autre; l'expérience, la réflexion, lui en apportent une autre, qu'une autre remplace

encore lorsque sa main saisit le bâton
de la vieillesse.

Laissez-leur donc cette différence
que vous ne sauriez détruire! Chacun
se fait une croyance analogue à ses besoins; les besoins changent-ils, l'esprit
alors donne carrière à son activité, le
bouton se développe, se métamor-
phose en fleur, et bientôt une nouvelle
croyance a pris dans ses bras la place
de la première. Le monde est ainsi fait;
le glaive ne le changera pas. Sur les
opinions et les pensées, le ciseau de
fer de la force n'a aucune prise. Chaque religion devient petit à petit et
plus pure et plus noble en se détachant
d'abord de la sensibilité grossière; puis
bientôt d'une sensibilité plus délicate,
par les progrès toujours croissans des
lumières de la raison. Laissez au catho-
lique la pompe solennelle de ses tem-
ples et de ses autels; à l'anabaptiste sa

simplicité pastorale ; et au penseur sa
paisible contemplation dans les murs
de son cabinet. Contentez-vous de faire
partout disparaître les obstacles qui
s'opposent au développement de l'esprit ; rendez-le plus libre, plus capable de penser, et vous avez fait
tout ce que vous ordonnait le devoir.

Chaque homme a sa religion ; celui-
là seul n'en a point qui, avec tous les
talens, n'ayant point assez de courage
pour réfléchir sur lui-même, flotte incertain dans les ténèbres du doute, et
pour se délivrer de cet état de malaise
où il est plongé, s'efforce, à l'aide d'un
principe aveuglément adopté, d'en
noyer le souvenir au sein des dissipa-
tions physiques. Ces êtres dangereux,
pour qui les lois de la morale et du
droit ne sont que des convenances, ar-
rêtent en eux comme par un nœud les

extrémités du développement humain,
et la brutalité de leur nature animale
sait étouffer en eux, avec une sagacité
exercée, et l'esprit et le jugement. Si,
contre leur attente et contre leur volonté, la voix de la nature, le premier
flambeau de la raison, qu'on ne saurait
jamais entièrement éteindre, ne parlait
de temps en temps à leur cœur, et ne
les *forçait ainsi* à reconnaître qu'*il y a*
un droit, que la vertu, quoi que le
monde en dise, est une chose *aimable;*
si cette force irrésistible ne les poussait
point malgré eux à la compassion,
en vérité, Monsieur, ces hommes-là
seraient les bêtes féroces les plus
dangereuses que nourrisse la terre;
car en eux, à l'instinct farouche et
aux passions de la bête féroce, se
joint la prudence de l'esprit humain.

— Cher Alamontade, lui dis-je

ému, étonné de la force et de la grandeur avec laquelle il me parlait, vous
croyez donc aussi que le plus sage parmi
les mortels doit avoir une religion, non
seulement parcequ'il serait sans elle
toujours en contradiction avec lui-
même, mais encore parcequ'il a besoin
d'une religion *pour être vertueux?* Jusqu'à présent vous avez gardé, et à mon
grand étonnement, je vous l'avoue, le
plus profond silence à ce sujet. Car
dans ce que vous appelez religion et
que d'autres nomment religion *naturelle* ou *de la raison*, on comprend non
seulement la croyance d'un Dieu et de
l'immortalité de l'âme, mais encore
l'ordre moral du monde, c'est-à-dire
la croyance que, dans ce monde ou
dans un autre, tôt ou tard, il y aura
pour le vice une punition, pour la
vertu une récompense. Il y a long-
temps, mon cher, que j'aurais appelé

votre attention sur ce sujet, si la
crainte d'interrompre la suite de vos
pensées ne m'eût pas retenu.

CHAPITRE XIV.

Considérées en elles-mêmes, la religion et la morale ne sont point tellement liées qu'elles doivent agir l'une sur l'autre, répondit Alamontade. La religion, ou la croyance de Dieu et de l'immortalité, quelque nécessaire qu'elle soit, ne repose néanmoins que sur *elle-même*, et n'a aucune liaison avec ce que nous appelons *vertu*; de même que, réciproquement, la vraie *vertu* est indépendante et dégagée de toute considération de Dieu, d'immortalité et de récompense.

Mais on fait sans contredit fort bien de faire servir la religion à l'éducation de l'humanité encore sous la tutelle: c'est à l'aide de la religion que, s'affranchissant par degrès du vil esclavage des sens, elle s'élève jusqu'à l'indépendance de la raison.

Cette loi morale, éternelle, qui habite au fond de nos cœurs, qui, dans tous les temps, sous tous les climats, est la même, nous prescrit la conduite que nous devons tenir en qualité d'êtres raisonnables. Si j'agis comme je le *dois*, d'après cette loi éternelle, alors seulement je suis ce que *je dois être*, un esprit libre, agissant par lui-même, ne relevant que de lui seul, ne puisant ses déterminations que dans sa propre loi, dans cette loi gravée en lui-même. Si je fais le bien pour *de l'argent*, je ne suis pas vertueux; tout animal en fait autant, selon la portée de ses facultés intellectuelles ; il craint, dans certains cas, la punition qui l'attend ; il connaît, dans certains autres, la récompense qu'on lui réserve. La vertu ne demande pour elle *aucun* salaire ; elle ne se laisse ni acheter ni payer ; elle n'attend aucune récompense ; elle agit sans aucun égard *aux suites* de l'action ; la loi lui ordonne d'agir ainsi ; cet ordre lui suffit. La vertu n'est autre chose *que l'apparition de l'esprit humain agissant dans sa vérité*. Un esprit qui serait dégagé de toute liaison avec un corps, qui ne serait point forcé d'en subir l'influence, et d'embrasser, pour lui obéir, les desseins et les intérêts de la nature animale, serait dans une impuissance absolue, s'il pouvait agir, d'agir *autrement que bien ;* il serait dans une impuissance absolue d'agir *contre la morale ;* ce serait alors un être *saint*, c'est-à-dire un être *pur* de tout défaut moral. Par cela même que notre esprit se trouve renfermé dans une machine qui souvent s'oppose à ses lois ou à son être, il est tout simple qu'il augmente sa force par la lutte; et si ce n'est que lui et seulement lui qui agit; s'il agit libre d'intérêts physiques, sans crainte de châtiment ni espoir de récompense, dans la vue d'obéir *à sa propre loi,* alors seulement il est vertueux, c'est-à-dire libre, fort, actif par lui-même, un esprit comme *il doit l'être,* et véritablement digne de lui-même.

L'idée d'un Dieu et de l'immortalité ne serait point en lui, qu'il pourrait *encore* faire des actions bonnes ou vertueuses. La religion n'est donc pas inséparablement liée à la vertu ; l'une et l'autre peuvent exister séparées. Combien d'hommes croient à Dieu et à l'immortalité *sans être pour cela vertueux;* combien, au contraire, en voitt-on qui, sans religion, assaillis de doutes, sont néanmoins *vertueux*.

.La vertu et le bien-être sensible, ou ce que l'on appelle ordinairement bonheur, sont deux choses intimement liées; et pourtant l'une n'est pas la cause de l'autre. Je puis, *par la prudence*, augmenter mon bien-être; mais c'est un vrai hasard quand je l'augmente par la vertu; et cet accroissement n'a lieu qu'autant que la vertu et la prudence peuvent se donner la main et marcher de front. Mais c'est un cas si commun dans la vie, de se voir obligé de sacrifier son bien-être parcequ'on veut agir vertueusement, c'est-à-dire, abstraction faite de toute crainte ou espérance, d'après les lois sacrées gravées au fond du cœur !

L'homme vertueux aime son devoir avec cet attachement sévère et invincible que d'autres ont pour ce qu'ils ap-

pellent leur *droit* : il peut, pour son
devoir, marcher à une *mort* certaine
avec la même joie que d'autres y mar-
chent pour leur droit ; car les devoirs
sont les *droits éternels, impérissables de*
l'esprit moral.

Ainsi la seule faiblesse et le défaut
de lumières, ou peut-être la prudence,
a pu jadis accréditer cette doctrine
erronnée, que la moralité et le bien-
être doivent toujours être en harmonie,
et que la vertu n'étant que trop souvent suivie de la misère, il doit y avoir,
dans *une vie à venir*, une *récompense*
morale, une harmonie de ces deux
buts, appelé par eux *le bien suprême.*

Tel tombe à terre le grain que la
main a jeté, tel l'esprit humain tombe
dans l'univers. Comme le grain, d'après
les lois physiques, nécessairement, par
suite de son organisation, pousse des
racines, forme un tronc et produit

des fleurs et des feuilles, *sans aucun but*, *par la seule raison qu'il est ainsi constitué;* de même l'esprit humain, lorsqu'il se montre tel qu'il est, tel qu'il résulte de son organisation inté-rieure, *est moralement bon, sans autre but quelconque.* Il n'y a entre les lois du monde des corps et celles du monde des esprits qu'une différence de nom. Au fond c'est une seule et même chose : la loi morale est une *loi naturelle de l'esprit humain* d'après laquelle il *doit* et *ne peut pas* ne pas agir.

Le bien que l'on fait *par la crainte de Dieu*, dans l'espoir d'une récompense ou la crainte d'une punition à venir, n'est qu'un acte de *religion* ou de *piété;* je n'y vois point la liberté de l'esprit actif ou *la vertu.* La piété, en brisant les chaînes de la sensiblité, fait déjà quelque chose pour la liberté de l'es-prit; elle la prépare, elle conduit à la vertu, et, sous ce rapport, la religion, comme moyen d'éducation pour les peuples, a droit à nos respects. Il y aurait trop d'exigeance à vouloir que tout le monde, sans aucun mobile intéressé, sans crainte, sans espérance, commençât par faire le bien ; à vouloir que l'enfant, à peine né, marche sans avoir peu à peu exercé ses forces; à vouloir que l'esprit, sans aucun exercice préalable, se montre tout-à-coup dans toute la magnificence de sa force, de sa pureté et son indépendance.

L'éducation de l'humanité mineure ne saurait se passer de la doctrine de l'ordre moral dans le monde, de la liaison future de la moralité avec le bien-être; de même que pour l'homme non civilisé, le glaive de la justice civile devient un moyen de conduite légale.

—Comment! m'écriai-je étonné, tous

ces milliers d'hommes qui, dans l'espérance d'une meilleure vie, dans leur confiance en un Dieu rémunérateur, supportent courageusement les maux de ce monde et font joyeusement le sacrifice de leur propre bonheur dès qu'il s'agit d'acquitter *un devoir?*... comment, Alamontade, ces hommes-là ne seraient pas des hommes vertueux?

—Non, répondit le vieillard, ils ne sont pas vertueux ; car s'ils sacrifient avec joie un moindre bien, c'est dans l'attente d'en être dédommagés par un plus grand ; mais ils sont des hommes *pieux*, et ils touchent à la perfection. Je les respecte, je les chéris : encore un pas, et ils sont libres.

Voilà, Monsieur, voilà pourquoi, dans l'exposition de mes principes religieux, je n'ai parlé ni de devoirs moraux, ni de vertu, ni de récompense. L'esprit agit comme *il doit agir:* sa vertu n'est point une *convenance*; il n'a pas besoin, pour la soutenir, de vues auxiliaires; il ne demande aucune récompense: je dis plus; il n'en saurait avoir d'autre que la conscience de la force, de l'indépendance, de la liberté où il a su nous élever; il compte ses plus beaux momens d'après les victoires qu'il a remportées sur les sens.

Et lorsque nous sommes réduits à souffrir pour notre vertu, *qui* est ce donc qui souffre? *l'esprit? non*, car c'est précisément *alors* au contraire qu'il triomphe; c'est donc la nature sensible de l'homme qui souffre. C'est *elle*, par conséquent, qui devrait être récompensée de ses sacrifices: mais comment *pourrait elle* être récompensée quand le corps inanimé sera retourné à la poussière? et, dites-moi, que veulent dire ces mots récompenser et rémunérer ? Si pendant toute ma vie je traîne un corps malade, les souffrances passées seront-elles réparées par un corps sain dans une seconde vie ? en aurai-je moins supporté mes douleurs ? Ces torrens de larmes amères que me fit verser le malheur en auront-elles moins coulé ?

— Ami, lui répondis-je saisi d'un léger tremblement, je sens tout le poids, toute la vérité de vos paroles ; mais elle est dure, elle est bien désolante ; je ne pourrais jamais me résoudre à prêcher votre doctrine. Que deviendrait le misérable accablé sous le poids de mille maux, sans cette douce espérance qui sans cesse lui répète : Tu ne souffres pas vainement ; un jour tu seras soulagé de ce fardeau, un jour ta misère sera récompensée par une double félicité. Ah, mon ami !

bien souvent il serait forcé de s'abandonner au désespoir.

— Je le sais, répartit Alamontade, l'homme sensuel, l'homme encore dans sa minorité, qui croit à un rémunérateur au-dessus des étoiles, ne se laisse point aller au désespoir, mais l'homme accompli s'y livre encore moins que lui. Son corps souffre, il est vrai, mais non son esprit irréproc hable. Il sait que tôt ou tard, avec le corps, il sera délivré de ses douleurs... Au surplus, mon cher Monsieur, tâchons de ne point tâtonner dans des idées embrouillées, expliquons-nous plus clairement. Nous parlons de souffrances : toute souffrance s'adresse au corps, et seulement au corps ; l'esprit n'en connaît d'autre que la conscience d'avoir failli, c'est-à-dire succombé dans la lutte avec les intérêts bas et sensuels.

D'ailleurs aucune souffrance ne conserve toujours la même intensité : les douleurs corporelles ne durent jamais continuellement, et sont par cela même faciles à supporter, qu'on sait que la mort ou le rétablissement du corps nous en délivreront enfin. Je pense donc que lorsque nous parlons de maux insupportables à l'homme, nous ne devons point entendre par là les maladies corporelles ; car celles-ci ne sont que de courte durée, et même pendant leur règne elles nous laissent encore bien des momens de repos.

Que sont ces souffrances auprès de *celles de l'âme?* voilà celles qui méritent la peine qu'on en parle. Je ne me souviens pas que personne se soit jamais désespéré pour une maladie corporelle ; mais combien ont succombé au chagrin, lorsque du sein des richesses ils se voyaient réduits à la mendicité ; lorsqu'une amitié qu'ils croyaient sincère les trahissait indignement; lorsque, innocens ou coupables, ils étaient exposés à l'infamie et au déshonneur; lorsqu'ils perdaient quelque espérance, quelque bonheur sur la solidité duquel ils avaient compté.

Hé bien, Monsieur, d'où viennent ces souffrances? Elles viennent des *fausses idées* que nous nous faisons sur *le prix des choses*, de la *prépondérance de notre nature animale* et *sensible* sur notre nature spirituelle. Qu'est-ce que les richesses et la pauvreté? de simples rapports. Le riche des hordes indiennes serait pauvre dans les capitales européennes. Devenir pauvre ne signifie pas autre chose qu'être obligé de sevrer son corps de quelques habitudes. Celui-là qui, au besoin, ne saurait le faire, est plus animal qu'esprit... Et c'est à ce titre qu'il réclame une récompense dans un monde meilleur? La pauvreté est-elle donc un mal insupportable? Combien en voit-on se plaindre de leur pauvreté, qui sont encore plus riches que plusieurs millions de leurs frères? Ces plaintes ridicules sont plus faites pour inspirer le mépris que pour faire naître l'intérêt.

Honneur et déshonneur! Combien encore ces deux mots dependent des *circonstances!* Il n'y a d'honneur que dans la vertu, de déshonneur que dans le vice : à l'homme vertueux le jugement du monde peut être indifférent. Celui qui n'a pas su encore trouver sa propre valeur dans l'accomplissement paisible de ses devoirs, et, par une conscience sans tache, s'élever, sans qu'il lui en coûte, au-dessus du jugement chancelant de la multitude, celui-là est une créature pauvre et à plaindre, plus animal qu'esprit, plus enfant qu'homme fait; un déplorable aveuglement l'attache plus au jeu capricieux des circonstances qu'à ce qui est éternellement vrai et bon.

Il en est de toutes les autres souffrances de l'âme comme de celle-ci : notre propre faiblesse leur donne naissance; notre force morale les dissipe.

Il y a eu des hommes qui ont perdu leur temps à prouver par des subtilités qu'il n'y a point de maux dans la vie; d'autres ont pris la peine de les défendre, pour sauver, disaient-ils, l'honneur de leur Dieu; d'autres enfin cherchaient à en adoucir le sentiment par l'espérance d'un meilleur avenir au-delà du tombeau. A quoi bon tout cela? Ces maux sont nécessaires dans l'ordre universel, et leur existence est une preuve de notre destination. Mais notre destination, *c'est la maturité, la consommation de*

notre esprit, et il est mûr, il est con-
sommé lorsque, n'étant plus influencé
par des intérêts corporels, il agit par
lui-même, d'après sa propre loi. Les
maux de l'humanité acheminent l'esprit
vers son indépendance ; de là le pro-
verbe d'une vérité si grande et trop peu
connue : *Le malheur fait le sage. L'instabilité des choses terrestres* nous apprend à mieux apprécier *la valeur durable des choses spirituelles.* La poussière
repousse l'esprit loin d'elle et le force
à se pénétrer de sa propre dignité.
Témoin des vicissitudes des choses,
l'homme finit par dédaigner d'en faire
partie plus long-temps ; il rentre alors
en lui-même et se rend indépendant ; il
apprend enfin cette haute vérité : *L'esprit de l'homme n'est point fait pour un
but étranger : sa fin, c'est lui-même.*

Le sentiment distinct de l'indépendance de l'esprit *est le gage certain de*

son immortalité. L'ordonnateur inconnu
de l'univers a disposé les choses de manière que l'esprit, ramené sans cesse à
lui-même par tout ce qui l'entoure, fût
obligé de reconnaître en lui-même son
bonheur, sa destination, sa grandeur,
et non hors de lui, dans des choses
étrangères. S'il était fait pour servir des
desseins étrangers, il ne serait plus alors
que *moyen*, et, comme tel, il finirait
avec son rôle, après l'accomplissement
de l'œuvre.

CHAPITRE XV.

La suite des pensées de mon cher et vénérable philosophe me déroba pour ainsi dire à moi-même, nous dit l'Abbé Dillon ; je participais à un sentiment de mon être qu'autrefois je n'avais jamais connu. Les biens de ce monde, avec toute leur magnificence et tout leur charme pour les sens, disparurent bientôt dans le sentiment de ce qui était véritablement moi. Je sentis *qu'ils ne m'appartenaient point, ni moi à eux.* Il me semblait que j'étais dans un nouvel univers ; je l'envisageais sous un point de vue dont jamais auparavant je

n'avais eu le plus léger pressentiment.
Alamontade se tut, comme s'il décou-
vrait ma position, comme s'il voulait
me donner le temps de me retrouver
au milieu de cet horizon nouveau pour
moi. Ce n'était point nécessaire : dans
le domaine de la vérité l'esprit se trouve
dans sa patrie, chez lui; l'erreur seule
lui est étrangère.

O Alamontade! m'écriai-je, je conçois
maintenant comment vous pouvez mourir avec une conscience tranquille et attendre sans regret le rôle que votre esprit jouera sur des scènes étrangères.
Cependant, je vous l'avoue, combien
l'homme s'en trouverait mieux si le
voile qui lui cache la vie future était
du moins soulevé! Si le Créateur par
un témoignage quelconque avait révélé
son être, de manière que personne ne
pût désormais s'égarer dans des doutes
qui détruisent souvent son bonheur!

—Comment, Monsieur, reprit Alamontade, vous croyez que l'homme
s'en trouverait mieux ? Quel homme
donc ?... l'homme encore en tutelle,
l'homme esclave de ses sens ? Non,
Monsieur : celui-là ne s'en trouverait
ni mieux ni plus mal qu'à présent ;
son bonheur ne dépend pas du spirituel, mais seulement des choses terrestres et de ce qui en résulte. Il est
heureux par le sentiment d'une agréable abondance au sein de laquelle il
peut vivre; par le sentiment de la gloire,
de l'estime publique, de l'amitié, d'un
amour tendre, de la beauté, de l'utilité,
et autres choses semblables.

Chez l'homme encore dans sa minorité, le charme de l'imagination remplace pour un temps la révélation qui
lui manque; il n'en est pas plus malheureux. Vous voyez bien comme il passe
sa vie joyeusement tant qu'il n'est en

proie ni à la maladie ni à l'indigence,
ni à la haine ou à tout autre mal physique.

Mais l'homme accompli, l'homme
qui a atteint le point de sa maturité,
content de ce qu'il a pénétré des mystères sacrés du monde, ne demande
point de révélations plus fortes ; il ne
peut pas même en désirer.

— Il *ne peut pas* en désirer? lui
demandai-je ; je ne vous comprends
pas.

— Il ne le peut pas, répondit le
philosophe, parcequ'il ne veut pas
souhaiter l'impossible. Ce n'est point
au corps que la divinité peut se révéler,
mais *à l'esprit ;* et elle l'a fait en or-
ganisant notre *moi* de manière qu'il
doive nécessairement la sentir et y
croire ; elle l'a fait en remplissant,
comme force primitive, l'univers de
ses phénomènes, que nous apercevons

au moyen de nos organes. La voix du
Créateur, qui nous crie pour ainsi
dire, par la bouche de notre raison,
Je suis, en même temps que sa main
développe à nos yeux les phénomènes
de sa puissance admirable, suffit pour
dissiper tous les doutes, ces doutes qui
ne proviennent jamais de la raison,
mais de l'imagination, et de l'esprit
formé par les expériences du monde
physique.

Je vous le répète une fois encore :
tout ce que renferme le vaste sein de
la nature, nos possessions comme nos
conquêtes dans le domaine du savoir,
nos découvertes en nous-mêmes comme
nos premières connaissances ; tout,
dis-je, dans l'univers, conspire à faire
rentrer, à renfermer l'esprit en lui-
même, et à le conduire insensiblement
à l'indépendance. L'indépendance,
voilà ce que nous devons regarder

comme la dernière fin de nos actions,
comme notre destination, comme notre plus haut degré de grandeur.

La vie de ce monde est, je le sais,
semée de mille maux; rien n'y est
stable, tout y change, et nous flottons
sans cesse au milieu d'un torrent irrésistible d'évènemens et de destinées
imprévues; mais ce n'est point là un
sujet de plaintes si amères. Je vois précisément dans ces vicissitudes éternelles l'empreinte du doigt de Dieu, qui
nous avertit par ce moyen que nous
devons nous élever au-dessus des choses terrestres, et ne chercher que dans
nous-mêmes, dans notre propre *moi*,
notre salut et notre dernière fin. L'esprit de l'homme n'est point la propriété des sens, mais lui-même n'a
aussi d'autre propriété que lui-même.
Les sens mêmes, ces organes auxquels
il fut, comme homme, attaché pour

un temps, ne doivent pas lui rester.
Il est vrai que parmi les millions
d'objets qui nous entourent dans l'univers, nous n'en comprenons qu'un très
petit nombre ; que nous ne connaissons
les choses que dans leurs rapports avec
nous, et non dans ce qu'elles peuvent
être en elles-mêmes ; mais que cela ne
vous effraie point. Ces bornes mêmes,
qui ne resserrent jamais que nos propres idées, que notre monde intérieur,
sont la preuve la plus éclatante de
notre dignité, de notre élévation, de
notre indépendance comme esprits.
Nous ne nous voyons pas dans une
seule liaison capable de dégrader notre
moi jusqu'à le faire servir de moyen
entre les mains d'un être étranger, ou
même de laisser seulement soupçonner
une pareille dégradation. Nous sommes
seuls, mais nous sommes *pour nous*
dans l'immense domaine de la création.

Nous marchons à travers une succession continuelle de phénomènes variés; ils nous touchent et nous quittent, et, dans la vivacité de leur apparition, notre esprit se réveille : il reconnaît son être, il développe ses forces, et devient ce qu'il doit être, un être pensant, actif et libre. Liés à une substance inconnue que nous appelons *corps*, de nos pieds, pour ainsi dire, nous touchons la poussière, et Dieu de notre front.

Oui, je suis un être créé pour moi-même, actif et libre ; et comme tout me ramène sans cesse à moi-même, comme toute la nature qui m'entoure me garantit mon indépendance, et par cela même m'apprend à connaître ma valeur, mon élévation dans l'ordre de la création, je vois dans l'indépendance de mon *moi* la preuve certaine de mon éternité.

Que l'homme asservi à ses sens tremble lorsque ce qu'il y a de terrestre en lui vient à s'anéantir, et qu'il croie se perdre lui-même dans le néant! Ce qui vit et pense dans ce corps n'est ni poussière ni phénomène comme la poussière : c'est une force primitive qui produit elle-même des phénomènes. Elle dure, elle agit dans tous les temps. Il serait absurde de dire : Les forces de l'univers disparaissent de l'univers, ou le monde disparaît de lui-même.

La plus légère étude de moi-même m'apprend que mon *moi* actif et libre est d'une nature différente de ce phénomène que j'appelle mon corps. Celui-ci peut se dissoudre et se décomposer dans les substances dont la nature créatrice l'a composé; mon être n'en est point détruit : il persiste dans sa *mêmeté*, et survit au changement du phénomène.

Bientôt, oui, bientôt cette poussière

se dissoudra!... continua Alamontade
saisi d'un noble enthousiasme, et ses
yeux, s'animant d'un nouvel éclat, se
fixèrent vers le ciel : soit ; je suis
comme un anneau indestructible de la
chaîne de l'univers. Le monde des
forces, le royaume des esprits est ma
patrie ; c'est là qu'habitent mes semblables, c'est là que sont mes frères !

J'ai souffert, beaucoup souffert dans ma
nature humaine ; mais je m'en félicite.
L'orage n'a fait que hâter la maturité
de ma force. J'ai combattu vaillam-
ment, et, au milieu de mes misères,
j'étais plein du sentiment de mon bonheur inexprimable ; le mépris, le
rebut de l'humanité, j'étais plein
du sentiment de ma noblesse qu'aucune sentence humaine ne saurait
anéantir ; languissant de besoins et de
fatigue sur les plages brûlantes de l'A-
frique, je me sentais maître d'une ri-

chesse que tout le pouvoir des hommes
ne me saurait ravir. Oh ! que je suis heureux, aux derniers momens de ma vie
douloureuse ! Je reporte avec joie mes
regards en arrière ; car je vois aujour-
d'hui, comme autant de fleurs qui ré-
jouissent ma vue, ces mêmes épines
que je maudissais, qui me blessaient
alors.

O toi, continua Alamontade, dont
le visage rayonnait d'une gloire céleste,
pendant que j'étais assis, pénétré d'une
vénération profonde, comme auprès du
lit de mort d'un saint, et que mes yeux
se mouillaient de larmes ; ô toi, être
élevé, inconnu et très saint, par qui je
fus créé, c'est à toi que j'appartiens et
que j'appartiendrai éternellement. Tu
m'as placé sur un haut degré dans l'é-
chelle de tes créatures, être infini ! puisqu'il m'est accordé de te pressentir, de
te penser, c'est toi-même qui parles de

toi dans moi. O esprit paternel ! esprit
paternel !... Je suis encore toujours
homme et partant toujours d'une intel·
ligence d'enfant , et ton idée dans mon
âme est accompagnée de la chaleur du
sentiment;... aussi te parlé-je. Ma parole est un bégaiement d'enfant vers
l'esprit paternel ;... une reconnaissance humainement sentie !... Que je
suis heureux d'*être* ! C'est en toi que
j'existe , c'est par toi que je m'élève et
parviens d'un point de ton immensité à
l'autre... O esprit paternel !

Ici sa voix commença à s'abaisser et
à devenir de plus en plus inintelligible.
On eût dit que son esprit secouait la
chaîne des paroles pour s'envoler plus
promptement vers les cieux. Un ravis-
sement inexprimable rayonnait sur tous
ses traits. Quelquefois un léger tremblement agitait ses lèvres, comme s'il
priait à voix basse ; il semblait que le

corps fatigué voulait encore accompa-
gner l'esprit sublime dans son pieux
élan de reconnaissance vers la Divinité.

CHAPITRE XVI.

L'Abbé Dillon suspendit sa lecture. Minuit nous avait surpris ; mais personne n'était fatigué. Nous gardâmes le silence. Des larmes roulaient dans nos yeux. Je me jetai pleurant sur le sein de Dillon. Rodéric l'embrassa de même, et nous le tînmes long-temps tous les deux ainsi pressé contre nos cœurs émus. Nous éprouvions la même émotion que si nous avions embrassé notre noble Alamontade lui-même, et que notre reconnaissance s'adressât non à l'Abbé, mais au héros lui-même.

C'est avec la même effusion que j'eus

aussi le bonheur de l'embrasser un jour!
nous dit l'Abbé.

— O homme ! m'écriai-je profondément ému, comment est-il possible
que les hommes t'aient repoussé de
leur société ? Comment avec cette noblesse de sentimens as-tu pu devenir
coupable ? Depuis quand l'homme vertueux vient-il, chargé de fers, s'asseoir
sur le banc des rameurs ? Aurais-tu été
réellement assez coupable pour que la
société dût te craindre ? Cela n'est pas
possible, Alamontade ! Innocent, vous
avez été condamné à la peine la plus
affreuse. Parlez, je me charge de votre
justification ; vous devez rentrer, vous
rentrerez dans la société, accueilli par
le respect qui vous est dû. L'infamie
ne doit pas arriver jusqu'à votre
tombe.

Il était très ému. Il me tira à lui avec
transport. Oh ! s'écria-t-il, il presse donc

encore une fois un homme, un frère, ce cœur depuis si long-temps orphelin et délaissé ! Hélas ! depuis vingt-trois ans de solitude et d'abandon il n'a point encore cessé d'aimer ; il sent une fois encore son ancienne félicité avant de se briser. Et il ne pouvait plus parler, dans l'excès de sa douleur. Il se tut et soupira en versant des larmes.

Après une longue pause, il leva son visage vers moi et me dit : Ah, Monsieur, Monsieur ! comment ai-je mérité tant de bonté, tant de charité ?

— Que ne puis-je conserver vos jours, homme chéri ! m'écriai-je, je ferais de bon cœur le sacrifice des miens. Vous ne savez pas que vous êtes mon bienfaiteur, mon ange tutélaire ; vous ne savez pas que vous m'avez retiré du précipice du désespoir : j'étais envoyé pour vous ramener à la religion, Alamontade, et c'est vous qui m'avez converti, qui m'avez rendu ma religion perdue.

Il parut ne pas me comprendre...
Voyez, Alamontade, j'étais un être malheureux lorsque je vins vers vous. Mon Dieu avait disparu de l'univers ; je fixais l'avenir d'un œil tremblant , comme les ténèbres de la mort ; je doutais de tout , même de mon avoir et de mon existence ; je marchais en tâtonnant dans un labyrinthe de contradictions ; à charge à moi-même, j'avais pris la vie en horreur. C'est vous , mon ami , qui m'avez rendu mes forces, qui m'avez montré à moi-même dans ma véritable nature , dans toute ma dignité.

Dieu, immortalité , indépendance de mon être,... vous n'êtes pas de vains mots ! mon esprit ne saurait se démentir lui-même , et c'est par vous, Alamontade, que je me suis mis de nouveau

en harmonie avec la nature. J'ai pesé
dans la balance infaillible de l'éternelle
raison chaque chose à sa juste valeur.
Les ténèbres s'éclaircissent, et je passe
du sein de la désolation à la vigueur
d'une autre vie rayonnante de jeunesse!
et tout cela, c'est à vous que j'en suis
redevable !

Ce fut dans ce beau moment que le
cœur d'Alamontade s'épancha plus librement dans le mien. Il me donna
son journal écrit sur des feuilles déchi-
rées. Pressé par mes instances réitérées,
il me donna de plus amples détails sur les
évènemens de sa vie. Alamontade était innocent! Je voulais sur-le-champ entre-
prendre sa justification ; je voulais que
la justice lui donnât une satisfaction publique et réhabilitât son honneur. Il
secoua la tête en me priant de ne faire
aucune démarche de son vivant, disant
qu'il ne tenait point à l'estime d'un

monde qui l'avait si long-temps et si
impitoyablement repoussé, et qu'il
aimait mieux jouir en repos de ses derniers momens, tout entier à lui seul.

Je ne laissai pas d'obtenir pour lui,
selon mon pouvoir, une meilleure
chambre et plus de commodités. Je lui
aurais fait avec joie le sacrifice de tout
ce que je possédais, pour lui procurer,
après tant de souffrances, quelques
momens de bonheur. Ah! que ne fis-
je plus tôt sa connaissance!

Je le pressai de me faire part de tous
ses désirs et de ne me rien cacher. Il
me dit enfin : Hé bien, écrivez à Nî-
mes ou à Montpellier, pour apprendre
ce qu'est devenue *Clémentine*, si elle
vit encore, si elle est mariée, si elle est
heureuse.

Je connaissais cette Clémentine par
ses papiers et par ses propres récits.
— Hé bien, Alamontade, lui dis-je,

si Clémentine vivait encore, vous souhaiteriez, n'est-ce pas, de la revoir encore une fois?

A cette question un léger sourire vint animer ses lèvres. — Hélas! elle était l'ange qui embellit mon enfance d'un charme inexprimable, et me conduisit en pleurant sur les premières marches de mon Éden perdu. Mais non, ne vous donnez pas cette peine, mon cher Monsieur. Elle ne pense probablement plus à Alamontade, si elle vit, et elle pourrait encore bien moins se résoudre à faire un voyage au lit de mort d'un galérien!

J'écrivis. J'employai le secours de tous mes amis, de toutes mes connaissances, pour découvrir Clémentine et la disposer à venir sans retard à Toulon, où elle serait à portée de faire de grandes découvertes. Effectivement un de mes amis parvint à découvrir sa

demeure. Elle était à Saint-D..., près
de Montpellier, où elle s'était retirée
de Paris depuis quelques années. A
peine eut-elle des nouvelles d'Alamontade, qu'elle résolut de faire le voyage
de Toulon, bien que dangereusement
malade.

Cependant, mes amis, continua Dillon, nous oublions que minuit est
passé et que nous avons besoin de repos. Demain, si vous voulez, je vous
raconterai l'histoire de notre ami commun. Elle est également attendrissante
et instructive. Il n'était donné qu'à un
homme comme Alamontade de supporter une destinée aussi dure, aussi
cruelle, sans y succomber. Le regard
tourné vers Dieu, planant au-dessus
de sa douleur, il parcourait avec un
courage héroïque une carrière affreuse
dont chaque heure est plus cruelle
que la mort.

A ces mots Dillon se leva. Nous acceptâmes son invitation en l'embrassant avec une vive reconnaissance.

— Tout ce que vous dîtes, cher Abbé, à ce vénérable vieillard, en le remerciant de votre conversion, vous l'êtes-vous dit à vous-même en notre nom ? m'écriai-je. Quel être majestueux que cet Alamontade dans ses fers ! Quel esprit puissant, extraordinaire ! Ses paroles retentissent comme les oracles de Dieu même, et rendent l'homme plus divin. Je veux prendre copie de ses discours. Ce ne sont que des fragmens, et néanmoins ces fragmens forment un tout. Il faut les lire souvent et souvent les entendre, pour pénétrer entièrement dans le beau sanctuaire de leur sens.

— Et moi je lui érige un autel dans mon jardin, s'écria Rodéric : cette vue me soutiendra toujours. Quand je chancellerai, je veux songer à Alamontade, et mon esprit, plein d'inexpérience et de faiblesse, trouvera à ce souvenir de la puissance et de la force.

Nous nous séparâmes enthousiasmés. L'aurore nous surprit avant que le sommeil eût visité nos paupières.

FIN DU TOME PREMIER.

ROMANS DE HENRI ZSCHOKKE

DÉJA PUBLIÉS.

Ire LIVRAISON.

LE MÉNÉTRIER, OU UNE INSURRECTION EN SUISSE, histoire de 1653. 5 volumes in-12, prix 15 fr.

IIe LIVRAISON.

VÉRONIQUE, OU LA BÉGUINE D'AARAU, histoire de 1444. 4 volumes in-12, prix 12 fr.

IIIe LIVRAISON.

LA PRINCESSE CHRISTINE, histoire du dix-septième siècle. — **LE GRISON**, OU LA COTE AUX FÉES, simple épisode des troubles de la Suisse en 1799. 4 volumes in-12, prix 12 fr.

IVe LIVRAISON.

LES SOIRÉES D'AARAU, renfermant : *le Mort fiancé, l'Extase, les Deux Étoiles, et le Mariage de Suzette.* 4 volumes in-12, prix 12 fr.

Ve LIVRAISON.

LE GALÉRIEN, roman philosophique et historique. 2 vol. in-12, prix 6 fr.

VIe LIVRAISON. (*Sous presse*)

NOUVELLES SOIRÉES D'AARAU. 4 volumes.

N. B. Chaque livraison se vend séparément.

www.ingramcontent.com/pod-product-compliance
Lightning Source LLC
Chambersburg PA
CBHW061442030726
47503CB00005B/1534